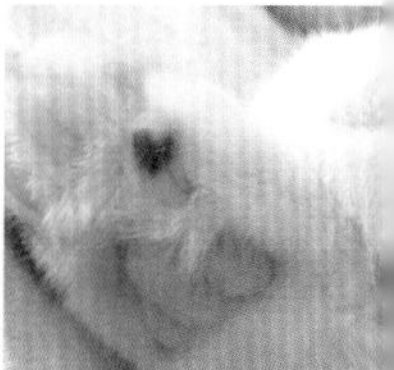

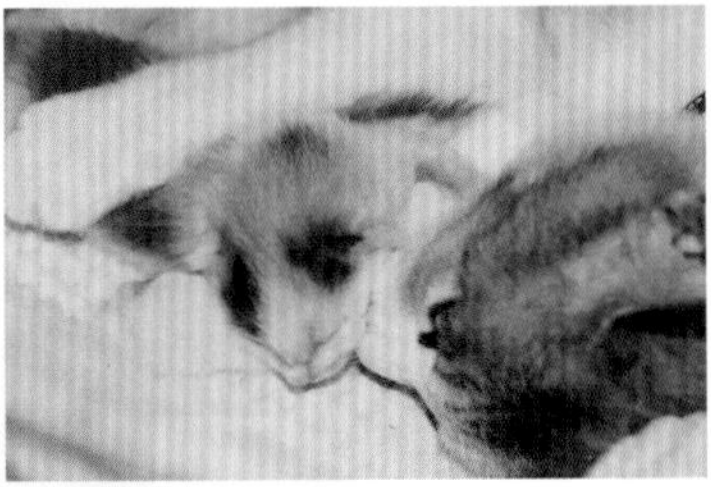

猫がいなけりゃ息もできない

村山由佳

集英社文庫

目次

もみじ

(♀17歳　三毛)

男を見る目のない作家のかーちゃんに付き添ってあちこちを転々とし、終のすみかは長野県軽井沢町。半世紀も猫を飼ってきた飼い主をして「こんなに猫らしい猫を見たことがない」と言わしめる、村山家のお局様。なぜか関西弁。

銀次

(♂11歳　メインクーン)

体重8キロ、大柄だが気は優しく、犬にも人にも動じない、村山家のお客様おもてなし担当。中身はたぶん、おばさん。鳴き声は「んるる?」。

サスケ

(♂4歳　黒のハチワレ)

妹の〈楓〉とともに村山家の一員となった。極度のビビリの半面、とんでもない甘えん坊。鳴き声は常にひらがなで、「わあ」。

楓

(♀4歳　サビ色の三毛)

サスケ兄ちゃんの鈍くささを嘲笑うかのように、わざと危ないところへ上ってみせるおてんば娘。銀次おじさまのことが大っ好き。短い尻尾がコンプレックス。鳴き声は「いやあん」。

青磁

(♂10歳　ラグドール)

真っ青な瞳の美しい貴公子だが、性格はやや屈折している。飼い主が亡くなったため、暖かな南房総から軽井沢へと連れてこられた。ただ今、他の猫たちとの共存方法を模索中。怪鳥のように「めけぇっ」と鳴く。

※年齢は2018年10月現在

猫がいなけりゃ息もできない

I

猫のいた日々、いない日々

まさかの五匹目

四匹で、もういっぱいいっぱいのはずだった。まさかここへきて猫がさらに一匹増えるとは思わなかった。……というのが、二〇一七年四月のことである。

きっかけは、南房総《みなみぼうそう》で独り暮らしをしていた九十二歳の父の急逝だった。

四月の桜の頃、私とパートナーの〈背《せ》の君《きみ》〉が、

「よっしゃ、びっくりさせたろか」

と予告なしに訪ねてみたら、うつぶせで床に倒れていて、もう間に合わなかったのだ。びっくりさせられたのはこっちだった。

後からの調べでわかったことには、亡くなった推定時刻は私たちが到着するほんの二時間ほど前。たまたま東京での仕事があって、ついでに足をのばして訪ねていったその日に倒れて亡くなるなんて、考えれば考えるほど不思議だった。呼ばれた、のかもしれない。

もとより母は、数年前からすっかり少女の昔に返ってしまって施設に入っているので、父が可愛《かわい》がっていた当時九歳のラグドール〈青磁《せいじ》〉は、私たちの住んでいる信州・軽井沢《かるいざわ》まで連れて帰るしかなかった。葬儀が済んだ後も様々な手続きや届け出が必要で、二週間ばかり実家に滞在していた間に青磁はいくらか心を開いてくれたようだけれど――しかし、我が家の先住猫たちが彼を受け容《い》れるだろうか。

最長老、十七歳の三毛猫〈もみじ〉はまあ、特別待遇で奥の間に隔離されているからいいとしよう。十歳になる大きなメインクーンの〈銀次《ぎんじ》〉も、細かいことにまったくこだわらないのんきな性格だから大丈夫。

問題は、黒白ハチワレの〈サスケ〉とサビ三毛の〈楓《かえで》〉――その八月で三歳になろうという兄妹だ。地元のスーパー・ツルヤの掲示板に「子猫生まれました」とあるのを見つけて我が家に迎えた猫たちで、身内に対しては甘えん坊だが見知らぬ相手には警戒心の強い、言ってみればとても猫らしい気質を持っている。彼らがはたして、青磁を家族と認めるだろうか。さらには青磁自身が、今から新しい環境に馴染《なじ》めるものかどうか……。

いろいろと心配ごとはあったけれど、まあ、物事というのはおしなべて、なるようになるし、なるようにしかならない。父が元気だった頃よく一緒に出かけたホームセンターでひときわ頑丈なキャリーケースを買い、青磁を車に乗せて家へ連れ帰ったのは、四月半ば過ぎのことだった。

関東の桜は、もうすっかり散っていた。


我が家は、信州の軽井沢にある。東京の下町からここへ移り住んだのは二〇〇九年の秋口で、連れてきた猫はまだ、もみじと銀次の二匹だけだった。

その時点で築十七年にもなっていた建物は、もともとは大きな家具のカタログなどを撮影するための写真スタジオとスタッフ宿舎を兼ねていて、こんなことを書くと自慢みたいに聞こえてしまうかもしれないが、正直、キャンプ場みたいに広い。当初は、長いながい廊下に面して、二段ベッドのおさまった部屋が五室、バスルームが二つとトイレが五つ並んでいた。二階には天窓のついた明るいダイニングキッチンがあり、それ以外に体育館のようなホール（スタジオ）がある。初めて内覧に訪れた時、その吹き抜けの梁《はり》に取り付けられた蛍光灯に、バドミントンのシャトルが引っかかっていた。スタジオのスタッフの忘れ物だった。

とりあえず住めるようにリフォームするのに半年以上かかった。必要のないバスルームやトイレはつぶし、厳しい冬の間にひっそりと凍死しないで済むよう温水式の床暖房を入れた。ちなみにこの時点では、数年後にまさか二度目の離婚をすることになろうとは予想していなかった。人生、何が起こるかわからんものである。

スーパーの掲示板を見て子猫を二匹引き取ったのは、久しぶりの独り身になったひと月半後。そうしてさらに三年後、まさかの五匹目として、父の愛猫・青磁が加わることとなったのだった。

何しろ九年間ずっとひとりっ子だった青磁は、父以外の誰かに甘える方法がわからないのか、ラグドール（ぬいぐるみ）という品種のくせに抱き上げようとするとたちまち、シャーッと威嚇の息を吐いて暴れる。偏屈で凶暴。むら気で短気。とはいえ、唯一の家族だった父が、急に倒れて動かなくなった現場を見ていたのは彼だけなのだ。言葉を持たない彼にも、父がもうどれだけ待っていても帰ってこないことだけはわかるとみえて、こちらが名前を呼ぶと、手近なものに頭をすりつけ、床に転がり、もの狂おしいほどに全身で慕わしさを表現する。それなのに、手を伸ばして撫《な》でようとするとシャーッ、なのだ。

せつなかった。できることなら何とかしてやりたかった。

うちの子たちのように、晴れた日にはベランダへ出てヘソ天で日向《ひなた》ぼっこをしたり、手も足もばらばらに投げ出して眠ったり、家じゅうを走り回って遊んだりさせてやりたい。威嚇の息を吐かなくたって、自分に害をなす者なんか誰もいないんだということを信じさせてやりたい。彼自身が納得できるだけの時間をたっぷりかけて。

はてさて——どうなることやら。

新しい生活の始まりはいつだって、わくわくする気持ちと、同じ分量の不安とが背中合わせだ。

猫、禁止令

生まれてこのかた、猫がそばにいなかった期間が一度だけある。一九八九年の秋から一九九九年の春まで、つまり、二十五歳で最初の結婚をしてからの十年間だ。

最初の旦那さんとの二人暮らしを始めてすぐに、私は、はずんだ気持ちで言った。

「猫を飼おうね。今すぐじゃなくても、いつかきっと」

私にとってそれは、マイホームを買うよりも子どもを持つよりも優先される、生きていく上で絶対に不可欠な必要最低条件だったのだけれど、彼は即座に、やだよ、と言いきった。

「冗談じゃないよ、猫なんか。臭いし、汚いし、気持ち悪いし」

「え、ぜんぜん臭くなんかないのに」

ものすごくびっくりして、私は言った。

「猫ってすごくきれい好きで、自分の身体《からだ》は毎日隅々まで舐《な》めるから、お風呂なんて入れなくても体臭は全然ないんだよ。つるつるのすべすべのふっかふかだよ」

けれど、彼は頑として首を縦に振らなかった。

「猫のおしっこのニオイって最悪じゃん。外に出たその足で部屋に入ってきたりするしさ。呼んでも来ないし、気がつくとすぐ後ろに座ってこっちをじーっと睨《にら》んでたりして、薄気味悪いったらないよ」

不覚にも私は、そのとき初めて知ったのだった。夫となったその人が筋金入りの猫嫌いだということを。

なんでも、子どもの頃に飼っていた鳩《はと》を野良猫に獲《と》られたことがあるという。それがトラウマとなって、猫という生きもの全般を心の底から憎んでいるらしい。気持ちはわからなくもないけれど、内心、

（そういうことなら早く言ってよ）

と思った。

付き合っている間、我が家の親たちの前で、膝に乗っかる猫たちを撫でながら「わあ、かわいいですねー」とか言っていたあれはいったい何だったのだ。

でも、後からこうして思い返してみれば、そんなとき彼の顔は若干こわばり、撫でる手つきは機械仕掛けのようで、言葉は棒読みだったふうにも思えてくるのだった。

「犬だったらいいよ」

いかにも平等な交換条件のように彼が言う。

「犬は忠実だしさ、裏表とかないし、まっすぐ甘えてくるし。な、飼うなら犬にしようよ」

いやいやいやいや、それとこれとはぜんぜん違う話でしょう、と私は思った。犬〈も〉飼おう、と言うのならわかる。私だって犬は大好きだ。子どもの頃か

ら、うちには猫とともに犬も必ずいた。でも、私を含むある種の人々——すなわち、猫という生きものがそばにいないと息をすることもできないような人種にとって、「猫はやめて犬で」といった理屈はとうてい受け容れられるものではないのだ。

私は言葉を尽くして、旦那さんに魅力を伝えようとした。猫という生きものが、どれほど賢く美しく茶目っ気があり機知に富んでいて、家につくと言われながら人になつくか、そして何よりどんなに情愛の深い生きものであるかを、懸命に語った。猫のいない人生なんて、窓の一つもない家のようだとも言った。

健康な猫の背中は、お日さまに干した布団のような幸せな香りがする。世に言う〈猫の額〉なんか、あんなに狭い面積しかない部位から素晴らしい効き目の睡眠誘導物質を放出して、いま寝たら絶対にアウトな人間を深いふかい眠りへと誘《いざな》ってくれるし、音を立てずに歩く足の裏、ぷにぷにの肉球の手触りとかすかな湿り気、ちょっとマニアックなこうばしい匂いといったらもう、何度でも鼻をくっつけて嗅いでは遠い目をしてしまうほどの中毒性を帯びている。それから、湯たんぽのようなあの重みと体温、しっとりと柔らかな毛並みの手触り、それから、それから——。

わかっては、もらえなかった。

「何て言われようが、無理なものは無理。俺といる限り、猫はあきらめな」

その言葉は私にとって、死刑宣告と同じに響いた。


何しろ、ものごころつく頃にはすでに、家に猫がいた。

私にとって最初の一匹は、〈チーコ〉という名前の茶色のトラ猫だ。毛色まで覚えているのは写真が残っているからで、当時住んでいた家（東京・練馬区）の大家の息子さんが大学の課題か何かで撮って現像し、パネルに引き伸ばしてくれたのだった。三歳の私が、チーコを抱いてその鼻に指をあてている写真。今でも私の部屋に飾ってある。

猫は、死期をさとると自分から姿を消すという。それでかどうかはわからないけれど、チーコは、ある日を境にいなくなってしまった。それが寂しかったという記憶はあまりない。いなくなる、ということの意味を理解するには幼すぎたのだろう。

そのあと、私が五歳の時に母が家の近くの石神井《しゃくじい》公園で拾ってきたのが、白地にサバトラ模様の〈チコ〉だ。幼稚園から帰ってみると、兄の布団の上にちっちゃい毛玉がぽやんと眠っていた。あの感動はちょっと忘れられない。

末っ子の私は彼を自分の〈弟〉に任命して、綿入り半纏《はんてん》の背中におぶってはあやし、毎晩必ず一緒に寝て本を読み聞かせてやり、悩みごとを彼にだけは打ち明けて慰めてもらい、母に厳しく叱られると彼のお腹《なか》に顔を埋《うず》めてこっそり涙をこぼした。

しかし、何しろ時代が時代である。当時は東京にもネズミがたくさんいて、保健所から各家庭に駆除の薬が配られることがあった。ピンク色をした粒々の毒薬は、さぞかし美味《おい》しそうな匂いがしたのだろう。チコは、近所の誰かがまいたその毒を食べ、苦しんで、吐くだけ吐いて、私たち家族の前で動かなくなった。生まれて初めて見送る命だった。どれだけ泣いたか知れない。

次にやってきたのは、〈アンズ〉。日本猫なのに七キロを超すまでに育った。続いて、三毛猫の〈リンゴ〉と、彼女のストーカーと化していつのまにか家に住み着いていた茶トラの〈ミカン〉、ほかに外猫たちがたくさん。

それから、私が二十歳《はたち》になるまで一緒だった、美しいキジトラの〈姫《ひめ》〉……。

石神井公園の家から千葉《ちば》は浦安《うらやす》近くのマンションへ引っ越し、環境が激変したストレスのせいもあるのだろうか、猫白血病を発症してあっという間に亡くなってしまった。病院へは連れて行ったけれど、結局、死に目にも会えなかった。

別れは、何度経験しても辛《つら》い。受け容れるだけで苦しい。亡くした子を想《おも》えば想うほど、別の子を可愛がるなんて無理だと感じてしまう。また愛してまた喪《うしな》うなんてもう二度と耐えられない、とも。

それなのに、どういうわけか縁あって出会う子たちを、私は結局、そのつど受け容れて、また性懲りもなく可愛がってしまうのだった。そうすることは、見送った命への裏切りではなかったのだと信じたい。

ふとした仕草や表情。やんちゃないたずらや愛《いと》おしい寝姿。日々更新されてゆく小さな出来事がきっかけとなって、以前の記憶が悲しみではなく懐かしさとともによみがえり、前の子と今の子、どちらに対してもなおさら愛しさが増すとしたら——それはきっと、飼い主だけでなく、その家にやってきた新しい命にとっても幸せなことに違いないのだから。


ともあれ、そんなふうにして常に猫と一緒に育ってきた私だったから、旦那さん一号（と呼ぶのも失礼かとは思うのだけれど、のちに二号も登場するのでスミマセン）から突然、猫との生活をあきらめるよう言われた時は耳を疑ったし、どうして自分がそんな理不尽な仕打ちに耐えなくてはならないのかまったく理解できなかった。

家族が猫アレルギーというならわかる。それはもう仕方がない。あるいは、住んでいるところがたまたまペット不可の物件であるならまだ対処のしようがある。がむしゃらにお金を貯《た》めて、いつか生きものを飼えるところに引っ越すのを目標にすればいい。けれど、一緒に暮らす相手から禁止されたのではどうしようもない。どこへ引っ越そうと、当の夫はくっついてくるからだ。

猫と暮らせない寂しさ（というより激しい禁断症状）を紛らわすために、私は、出かける先々で彼らを見つけるたび、すぐさましゃがんでチチチと呼ぶようになった。

どういうわけか猫の多くは、自分に向けてまっすぐ突きだされた人差し指を無視できないようなのだ。警戒心の塊のような野良はともかく、少しでも人に馴れた猫ならたいてい、好奇心に負けて匂いを嗅ぎに寄ってくる。たまらん瞬間である。

匂いを確認し、危険がないことを納得した猫は、ひげの毛穴や口角のあたりをスリリと人差し指にすりつける。こちらは指を軽く曲げ、猫の頬から耳、うなじや肩口にかけてを指の背の側でそっと撫でる。その時、向こうから身体をこすりつけてくるようならしめたものだ。あらまあよろしいんですか、ありがとうございますと礼を言ってから初めて、てのひらの側で、背中から尻尾《しっぽ》の先にかけてをゆっくりと撫でさせてもらう。

（ああ、こ、この、この妙《たえ》なる手触りよ……！）

心は歓喜に打ち震えても、先方に焦りや動揺が伝わってはならない。押しつけがましくならないよう、努めて平静を装いつつ、あくまでお猫様の意思に従う形で控えめに撫で続ける。

シルクのようにしっとりと柔らかな毛並みの子もいれば、針金みたいな剛毛の子もいる。身ごなしからしてしなやかで敏捷《びんしょう》な子もいれば、ドスコイと声をかけたくなる猛者《もさ》もいる。顔立ちだって様々だ。モデルさんのように鼻筋の通った子、反対に鼻がぺちゃんこの子、気取った美人に、ぶちゃいくだからこそ可愛い子。

いずれにせよ、およそ猫と名のつく生きものである限り、醸し出されるオーラは必ずや独特の癒やしに満ちている。ごーろごーろぐーるぐーると喉を鳴らす音などはもう、天上の調べそのものだ。

　ああ、猫が飼いたい。〈うちの子〉と呼びたい。それが許されないのなら、せめて今ここで、禁断症状をしばらく抑えるだけの猫エキスを注入しておいて頂きたい……！


　けれども旦那さん一号は、私が外で猫を触ることも激しく嫌がるのだった。

　あれはたしか、房総・鴨川《かもがわ》で田舎暮《いなかぐ》らしをするようになってすぐのことだ。車で四十分ほどかかる千倉《ちくら》の実家を訪ねる途中で、今では「道の駅」となっている「ローズマリー公園」内のトイレに立ち寄った。

　用を済ませて出てくると、駐車場にいた生後二ヶ月くらいの子猫が人なつっこく足もとにすり寄ってきたので、嬉《うれ》しさ全開で背中を撫でていたら、

「やめろよ、咬《か》まれたらどうするんだ！」

　目をつり上げて彼は言った。

「どこで何してきたかわからない猫なんか、身体じゅうバイ菌だらけだぞ」

　えー、大丈夫だよう、と私は笑ってみせた。昔うちで飼っていた子や外猫たちを含めて、〈どこで何してきたかわからない猫〉をさんざん撫で続けてきたわけだけれど、その程度で病気になったためしは一度もなかったし、そもそもよっぽど猫の嫌がるようなことをしない限り、いきなり咬まれたり引っかかれたりとい

うのは考えにくい。

　大丈夫、大丈夫、ほら、ね、と言いながら、甘えんぼの子猫にもう一度手を伸ばそうとした時だ。突然、彼が烈火のごとく怒りだした。

「やめろって言ったの聞こえたよな。ひとの嫌がることをわざわざするっていう、その根性が気に食わない。さっさと車に乗れ、帰るぞ」

　そうして実家へ行くのを途中でとりやめ、私を助手席に乗せて、来た道をそのまま引き返してしまったのだった。家に帰り着くまでずっとガミガミ怒りまくりながら。

　ひでえなあ、とは思う。今でも思うし、その当時だって思った。

　でも、もしかして——たとえば、猫という生きものが大嫌いな人が今この文章を読んでいたとしたら（あまりないことだろうとは思うけれど可能性はゼロではない）、その人は、野良の子猫を可愛がった私ではなく、それを咎《とが》めた旦那さん一号のほうに味方するかもしれない。

　当時の私はといえば、ふだんの（怒っていない時の）旦那さん一号のことがおおむね好きであったので、なんとか結婚生活を続けるためにも一生懸命、自分に言い聞かせた。

一方的に彼を恨むのはフェアじゃない。たまたま私がこの通り、猫がいなけりゃ息もできない人間であるのと同じように、世の中には、猫がいたのでは息もできない人間だって、いる。信じられないことだが、いるのだ。となれば、その点に関しては一応、公正でなくてはならないはずだ、と。

そう、誰にだって苦手なものはある。何を隠そう、私にだってある。ミミズだ。ゴキブリは昆虫だから普通にさわれるし、イモムシだろうが大きなクモだろうがへっちゃらだし、スズメバチが部屋に飛び込んでくればスリッパで仕留めるし、ヘビも素手でつかめる。

けれど、ミミズだけは、五センチ、いや三センチを超えるともう駄目である。こうして文字にするだけで鳥肌が立つ。庭いじりをしていていきなり遭遇すると、ぐえっと変な声をあげて数メートル後ろへ跳びすさってしまうくらい無理である。「ミミズ」と、いや「ミスズ」と書いてあるのを見てさえ、一瞬、ぎくっとする。

たとえばの話、一緒に暮らすひとが筋金入りのミミズ愛好家だったとして、ミミズの仕草の可愛さや、手触りの素敵さや、独特のかぐわしい匂いをどんなに滔々《とうとう》と語られたとしても、あらそうなの、だったらぜひうちで飼ってみましょうよ、とは口が裂けても言えない。それを思えば、猫が大嫌いな夫のことを一方的に非難するわけにもいかないのではないか……。

とまあ、いささか無理やりな理屈で自分を納得させた私は、通算十年にわたって、長く苦しい〈禁猫〉生活を耐え抜いたのである。


人は、変わる。

時には劇的に変わる。

そんなにまで猫全般を忌み嫌っていたはずの旦那さん一号が、やがて猫を抱きあげて頰ずりするほどに変貌するまでの道のりは、ずいぶん昔に『晴れときどき猫背』というエッセイ集に記したのでここでは省略するけれど——とにかく、彼との結婚からちょうど十年たった一九九九年の春、私は再び、猫が身近にいる生活を送れることとなった。夢かと思った。

それまでも、彼との間で腹に据えかねるような出来事があるたびに、

（これで別れることになったとしても、独りに戻ったら猫が飼える）

と、胸のうちで密《ひそ》かに唱え続けてきたのは事実だ。そう思うことがかえってガス抜きになり、歯止めにもなっていたのかもしれない。いろいろと難はあるにせよ、旦那さん一号には情の深い優しい一面もあったし、私との暮らしを大切に思

ってくれているのは確かだったから、とにかく猫を飼うことさえ許してもらえたら、この先ちょっとやそっとの行き違いがあってもお腹の底に呑《の》みこむことができるだろうと思っていた。

でも、結局のところ、猫は夫婦のかすがいにはならなかった。

最初の結婚から十七年目の五月――。私は、私以外の誰にもなつかない三毛猫のもみじだけを連れて家を飛び出し、約一年半の別居生活ののち、旦那さん一号とお別れすることとなる。

もみじとのふたり暮らし

いまだにこの世の何より苦手なのが、自分の態度や言葉によって誰かが気分を害してしまうことだ。

原因がたとえ自分でなくても、相手が怒っているという状況、それだけでいたたまれない気持ちになる。目の前に不機嫌な人がいると、悪いことなんか何もしていなくても申し訳なくなって反射的に謝ってしまう。何とか機嫌を直して欲しいと狼狽《うろた》えるあまり、慌てて先回りしては下手に出てしまうのだ。

母親がかなりエキセントリックな人で、幼い頃から気分次第できつい折檻《せっかん》を受けたりしていた影響もあるにはあると思うけれど、もちろん全部が彼女のせいだったわけはない。やはり、持って生まれた性格というのも大きいし、私自身がいまだに成長しきれていない部分もたくさんあるのだろう。

関わる相手が淡い付き合いの人なら、別にいい。そのとき黙ってやり過ごせばいいだけのことだ。ただ、夫婦の間ともなると、私のその性格の癖はとても厄介な問題となった。

別々の人間がひとつ屋根の下で暮らしているのだから、様々な場面で対立が起こらないほうがおかしいのに、相手がちょっとでも苛立《いらだ》たしそうにするとたちまち、どうしよう、私がいけなかったんだろうか、途中のどこで何を間違えたのだろう、とびくびくしてしまう。そうして、自分の側が先に譲ることで諍《いさか》いを避け続けた結果、相手は、とりあえず大きな声を出せば私が黙るということを学習してしまった。

何か言われて、それは相手の理屈のほうが間違っているのではないか、と思ったためしはいくらもある。でも、へたに反論すれば事態はもっとややこしくなるし、彼の怒りも収まりにくくなるわけで、だったら呑みこんで先に謝ってしまったほうがストレスは少ない。

しかしさらに厄介なのは、そうして謝り続けているうちにいつのまにか、

（こんなにも相手を激怒させてしまうということは、やっぱり私が悪いんだろうか。彼の言う通り、私は頭が悪くて世間知らずで物事が全然見えてないだけなんだろうか……）

という気分になってきて、しまいにはそれを自分から信じてしまうことだった。洗脳というよりは、自分で自分を催眠誘導するかのように。

そんなわけで、猫を飼う・飼わないについても、いちばん初めの対立から後はもう話し合いの機会さえ持たないまま（どうせ言っても無駄だと先にあきらめたまま）、長い歳月が過ぎてしまった。紆余曲折《うよきょくせつ》の末にようやく猫のいる生活を迎えられてなお、そのあとも彼に対してほんとうに言いたい言葉はやっぱり言えず、あらゆる物事についてきちんと対峙《たいじ》するのを避け続けた結果、私たちはとうとう夫婦という関係を解消することになってしまったのだ。

それまでずっと何もかも譲っていたくせに、ある日突然「もう無理」だなんて、いきなり最後通牒《さいごつうちょう》を突きつけられた彼のほうこそ、

〈そういうことなら早く言ってよ〉

と面食らったに違いない。

どちらもそれぞれに至らないところがあったけれど、そのことに関しては、ほんとうに私のほうがいけなかった。申し訳なかったと、今は心から思う。

作家生活十年目、三十九歳の夏に、大きな賞を頂く幸運に恵まれた。その勢いに乗じてけっこうな無理をして手に入れ、自力で開拓して緑の楽園へと変えた農場と家を、結局すべて旦那さん一号のもとに残して房総・鴨川を飛び出した時――私は、四十二歳になろうとしていた。

ふり返れば、ほんとうに若かった。うだうだ悩むよりとにかく動いてしまおう、行動に移しさえすればその先は何とかなると、ばかみたいに楽天的に考えていた。未来のことも、自分のことも、何の根拠もないのに信じていた気がする。

あの頃の気力や体力や闇雲な無鉄砲さがもしも今の自分にあったなら、いったいどれだけのことができるだろうと考えると、ちょっと寂しくもなる。でも、これから十年がたったらきっと、今のこの時のことをふり返って同じように思うんだろう。どれだけ歳《とし》を重ねていっても、私たちはみんな、今この瞬間こそが人生の中でいちばん若いのだから。

ともあれ、猫の話だ。

その衝動的な家出ののち、私がようやく鴨川の家へもみじを迎えに行けたのは、何たることか、約ひと月後のことだった。東京でペット可の物件を探し、当時の担当編集者であり親友でもある通称〈ピースケ〉に連帯保証人になってもらって契約まで済ませるのに、どうしてもそれだけかかってしまったのだ。

旦那さん一号はその間ちゃんと彼女の面倒を見てくれていたけれど、何しろ、生まれ落ちた時に私が取り上げ、私なしには夜も日も明けない子だったから、いきなりの不在はとんでもなく寂しかったのだろう。迎えに行くと、顔を見るなり足もとから胸まで爪を立ててよじのぼり、それきりどれだけなだめても、引き剝がそうとしても、しがみついて離れようとしなかった。

半狂乱で鳴きわめくせいで、ときどき「ごえっ」と吐きそうになりながら、唾を飲み込んではまた鳴く。責めるように、なじるように、そして何より甘えたい気持ちを全開にして鳴き続けた末に、やがて鳴き声もかすかに嗄《か》れきって疲れ果て、もみじはようやく私の膝の上で眠りに落ちた。

誰かにそこまで切実に帰りを待たれたのも、そんなに強く求められたのも、生まれて初めてのことだった。眠っている小さな三毛猫を抱いたまま、私も泣いた。

ごめんよ、もみじ。ほんとにごめん。ずっと会いたかった、会いたくて会いたくてたまらなかった、その気持ちは同じだけれど、置いていったのはこちらだ。私の涙など手前勝手もいいところだった。

ぐっすり眠りこんだのを見計らってソファなどに下ろそうとすると、慌ててまたぎゅうっとしがみついてくる。会わない間に伸びた彼女の爪がTシャツ越しに胸もとに突き刺さるのだけれど、はずそうとするとさらにしがみつくので、そのままじっと座っているしかない。

私が身じろぎするたび、もみじはぱっと目を開けてこちらを見上げてくる。そうかと思えば時折、自分から前足をのばして、私の頰や唇に触れてきたりもする。こざっぱりと乾いた柔らかな肉球をそっと押し当てられると、あまりのせつなさに心臓がきゅうきゅうと軋《きし》んで困った。

そう、人間で言うなら、幸せなまどろみの合間にふと目を開け、隣で眠っている大好きな人に触って、（ああ、いるいる、ほんとにいる）と確かめているような感じだろうか。そんなふうにじかに触れて安心すると、もみじは徐々に目を細め、満足そうに喉を鳴らしながら、またとろりとろりと眠りに落ちてゆくのだった。

ふと見れば、私の黒いTシャツの胸は抜け毛で真っ白になっていた。目が覚めたら入念にブラッシングしてやって、伸びた爪も切ってやって――それから、ふたりで新しいおうちへ引っ越ししよう。よしよし、大丈夫。もう二度と、おまえを置いてどこかへ消えたりしないから。

そんな私たちを、旦那さん一号は、不思議なくらい穏やかな顔で眺めていた。

愛車のジープの助手席にラタン編みのケージを載せ、東京の新しい住まいへ向かった。もみじは、それはそれはもう、傍若無人だった。自分にことわりもなく動く乗りものが大嫌いな彼女は、高速道路を含めて二時間の道のりを、息継ぎの暇もないほどひっきりなしに鳴き続けたのだ。まるで中村玉緒《なかむらたまお》のようなドスのきいた低音で。

アーオウ。アーオウ。アーオウ。誇張ではなくきっかり二秒に一回、アーオウ。アーオウ。アーオウ。アーオウ。アーオウ。アーオウ。アーオウ。アーオウ。アーオウ。アーオウ。アーオウ。

途中、東京湾《とうきょうわん》アクアラインの渋滞があまりにひどかったので、その間だけケージから出して車内をうろつけるようにしてやったのだが、事態は変わらなかった。長いながいトンネルに、世界じゅうを呪うかのような彼女の声が響き渡る。

窓から伸びあがっては隣の車線をゆく車にアーオウ。リアウィンドウから後続車のドライバーを相手にアーオウ。前をゆく車からふり向く子どもたちを睨みつけてはアーオウ。誰彼かまわず喧嘩《けんか》を売りまくる。おまえにもボリュームコントロールのつまみがほしいよ、と切実に思った。

ようやく着いたら着いたで、引っ越し荷物の片付けもまた困難を極めた。何をするにも、もみじが足もとにまとわりついたりよじのぼってきたりして仕事にならない。重くて大きなものを運んでいる時などに足の間をくぐり抜けられたりすると、何より彼女自身の命にかかわるのだけれど、言い聞かせてもまるで無駄。猫の耳は、説教を聞くようにはできていないのだ。

この尋常ならざる甘えぶりをいったいどうしたものかと、私は本気で悩んだ。ちょっとトイレに入るだけで、ドアの前に陣取って鳴く。出るものも出ない。お風呂に入っても、ガラス戸の前でじいっと待っている。落ち着かないことこの上ない。

長く離れていたのが原因の、一時的な分離不安かと思ったけれど――。

じつのところ、彼女のその癖は、今でもあまり変わっていない。

私が机に向かって書いている間じゅう、仕事椅子に座るこちらの膝の上にうずくまり、時々顔を上げてひたむきに見つめてくる。そうして目が合うとすかさず立ち上がり、顎の下に硬いおでこや冷たい鼻面をこすりつけて、ミルク飲み人形そっくりの声で「なー」だの「ぬー」だの「のー」だのと甘えるのだ。

中村玉緒の時と同じ猫とはとうてい思えない愛くるしさで。

まぶしすぎる夜

そういえば、あれはいつだったか。たしか、そんなこんなのあれやこれやで鴨川を出て、東京で初めての独り暮らしを……もとい、もみじとのふたり暮らしを始めてしばらくたった頃だと思う。

外出から戻るのが思いのほか遅くなった私は、もみじが寂しがっているだろうと思ったら気が急《せ》いて、エレベーターの中からもう鍵を取り出し、廊下を小走りに進み、鍵穴にそれを差し込もうとした――その時だった。

ぎょっとなって手を引っ込めた。ドア越しに、誰かの弾くピアノの音がかすかに漏れ聞こえてきたのだ。曲は、『ユーモレスク』。ちょっとたどたどしい気もするけれど、まずまずの演奏だ。

部屋にはたしかにピアノが置いてある。鴨川時代から、〆切《しめきり》直前など頭が不穏な感じにぐつぐつ煮詰まるたび、思いっきりピアノを弾きまくるかテナーサックスを吹きまくるのが私のストレス解消法だったから、東京に部屋を借りたとたん、何はなくともそれだけは、とばかりに銀座の山野楽器へ走って手頃な電子ピアノを買ったのだ。

しかし、いったいどうして、誰が。友人ピースケには合鍵を渡してあるけれど、彼女とは今の今まで一緒に食事をしていた。かといって、留守中に不法侵入者が気分を出してピアノなんか弾いていたら、それはもうサイコ・サスペンスの導入部でしかあり得ない。

本気で心臓をばくばくさせながらドアを開け、そうっと部屋を覗《のぞ》いた私は、とたんに脱力した。

「も――み――じ――」

ピアノの上に、愛しい三毛猫が座っていた。むこう向きの丸っこい背中がぴくりと震え、肩越しにこちらをふり向き、私を見るなり恨めしげに、

「うぬー」

と鳴く。訳せばつまり、

〈お早いお帰りでー〉

である。

そうして、ちんまり揃《そろ》った彼女の足もとで、鍵盤はまるで透明人間が弾いているかのようにぺかぺかと動いて曲を奏でていた。平たいキーボードの操作面に飛び乗ったもみじが、小さな肉球でたまたま〈電源〉のスイッチを入れ、続いてたまたま〈自動演奏〉ボタンまでも踏んだというわけだ。現場を見てはいないけれど、それ以外の推理があったら教えてもらいたい。

この事件、話して聞かせた相手にはたいてい大笑いされた。私ももちろん、笑ってほしくていろんな人に話した。

でもそれとは別に、この一件は、いささかせつない感慨を私にもたらした。自然豊かな鴨川の山奥から大都会へと、飼い主の勝手な都合で連れてこられたもみじは、狭いマンションの一室での暮らしをほんとうはどう思っているんだろう。

以前は毎日、二十センチ四方の猫用出入口から勝手に外へ出ていって、野山を自由に探検していた彼女。生まれながらの狩りの天才で、小鳥や野ネズミや虫、時には大きなヘビや野ウサギやキジまでくわえてくるものだから、出入口でつっかえて家に入れず、透明なフラップを何度もおでこで押してはバタンバタンさせていた。

それが今となっては、都会のマンションの一室に閉じ込められ、せいぜい、チユウチユウ鳴くネズミのおもちゃで遊ぶしかない。私の留守中どんなに退屈しても、前みたいに探検に出かけることはできない。細く開けられたサッシからするりとベランダへ出てみたところで、木々の葉ずれの音も鳥の声も聞こえない。柵のでっぱりにひょいと飛び乗り、私が落下防止用にと張り巡らせた網越しに四階下の道路を見下ろすか、空を行くカラスでも眺めているしかないのだ。
七、八十年生きる人間の一日よりもずっと重い、猫の一生における一日。その一日を、真四角な部屋に閉じ込められたまま過ごすというのは、すでに外の世界を知っている彼女にとってどれほどのストレスか……。
これまで何度も考えては、
(いやいや、もう連れてきちゃったんだし)
(鴨川に置いてくるなんてとてもできなかったし)
(私がいなければごはんも食べない子だし)
(今さら他にどうすることもできないんだし)

などと、脳内黒板消しで次々に消していた疑念。——それを、ここで改めて突きつけられた気がしたのだった。ピアノ自動演奏による『ユーモレスク』、というBGMつきで。

そのころ私が借りていた部屋は、芝浦運河《しばうらうんが》のほとり、品川駅と田町《たまち》駅の中ほどにあった。

もともとはNEC（日本電気）の倉庫として使われていた古い頑丈な建物をリノベーションした物件で、一室一室が平均六十平米のワンルームか、それが二層になったメゾネット。壁は一方だけが真っ白なレンガ張り、床は真っ黒なカーペット敷き、高い天井はコンクリートと銀色の配管が剝《む》き出しで、キッチンやお風呂などの水回りは、部屋の一角にステージよろしく一段上がる形でしつらえられている。じつにスタイリッシュではあるけれど、収納スペースはほとんどなく、間仕切りも皆無。それだけに住居にしていたのは私を含めてもごく少数で、他の部屋はたとえばピラティスの教室や、輸入バイクのショールーム、撮影スタジオやデザイン事務所などに使われていた。

夜、窓から運河を見下ろすと、赤い提灯《ちょうちん》をたくさんぶらさげた屋形船が次々に出てゆくのが見えた。すぐ隣が船宿と船着き場だったのだ。暗い水面《みなも》には他にも、対岸に建つ幾つもの高層ビルや、その間を抜けて走ってゆくモノレールの窓明かりまでも映り込んでいた。夏になると高々と上がる花火が、真冬には冴《さ》えざえとした月が、川のおもてに映っては揺れた。

都会の夜はいろんなものがまぶしくて、いつも何かしら人工的な音がしていた。最初の頃は気が立ってしまって眠りが浅く、しょっちゅう寝返りを打っては、隣で眠るもみじに「ぬーん」と文句を言われていたものだ。

ああ——そうか。そうだ。自然に囲まれた鴨川にいた頃よりも、そこを出たあとのほうが彼女にとって幸せであろうことが、少なくとも一つある。私と同じ布団で、私の腕枕を独占して眠れるようになったことだ。

旦那さん一号は無類のきれい好きであったので、どんなに猫を可愛がるようになった後でも、寝室に入れることだけは許してくれなかった。布団に毛が付くから、と言うのだった（そりゃ付くわな）。寝る時間になるともみじはいつも彼にパンパンパンと手を叩《たた》いて追われ、廊下のいちばん奥に位置する私の仕事部屋に走り込んだのを確認の上で、おやすみ、とドアを閉められる。それきり、翌朝起きだした私がドアを開けてやるまでの間は、仕事椅子の上でひとり丸くなって寝ているのだった。

猫は、基本、ひとりでいるのが苦にならない生きものだ。書庫を兼ねた仕事部屋はかなり広かったし、猫トイレもあり、らせん階段でロフトへ上がれるようにもなっていたから、夜の間だけ隔離されていたところで、当のもみじ自身はそんなに苦痛ではなかったかもしれない。朝になればかーちゃんが起こしに来て美味しい缶詰を開けてくれる。その程度にしか思っていなかったという可能性もある。だから、いま思い返してたまらなく胸が痛むのは、あくまでも私の側の問題だ。

鴨川を出てからの数年間に、私は都内でさらに何度かの引っ越しをしたのち、とうとう信州・軽井沢に終《つい》の棲家《すみか》を見つけた。そのつど一緒に家移りをしたもみじは、もちろんずっと元気だった。引っ越しにともなう移動のたび、車の助手席できっかり二秒ごとに鳴き続けるのはお約束だったけれど（東京〜軽井沢の三時間ではなんと五千四百回鳴いた計算になる）、それ以外はとくだんの文句も言わず、静かにそばにいてくれた。

正直なところ、一匹の猫とこんなにも密に人生を共にするとは予想もしていなかった。自分の手で取り上げた子猫が、まさかここまで長生きしてくれるなんて。

何しろ、私が子どもだった時代は（というか、わりと最近に至るまで）、日本において猫というのは、家と外を行き来するのが当たり前という感覚で飼われてきたのだ。長く我が家にいた猫でもせいぜい六、七年だったろうか。若くして事故に遭った子もいるし、ちゃっかりよその猫になった子もいるし、自ら姿を消した子もいた。

そんな具合に、猫と人の縁というのはもともとが淡いものであるというような、諦念にも似た感覚がしみついていたぶんだけ、もみじは、私にとっていつしかほんとうに特別な猫となってしまっていた。いつか彼女を失ったら正気でいられるだろうかと、我ながら心配になるくらいに。

二〇一七年の五月二十六日。もみじの十七回目の誕生日に、大好物の缶詰をまぐまぐ食べている背中を撫でながら、私は一生懸命に話しかけた。

「うんと長生きするんだよ。尻尾の先が裂けて〈猫又〉になったっていいから、一緒にいようね。わかった?」

「うぬー」

ずーっと、生きていてくれるような気がしていた。そんなことがあるはずはないのだが、不思議ともみじだけはずーっと死なないんじゃないかと、どこか本気で信じていた。

ばかだった。

鴨川時代、仕事部屋なんかに追いやって無駄に費やしてしまった何百何千もの夜を、今こそ取り戻して、その数だけ彼女と一緒に眠りたい。

口の中の異物をしきりに気にするもみじを病院へ連れて行ったのが、私の父の死から二ヶ月たった六月初め。やがて知ることとなったのは、彼女の禍々《まがまが》しい病名だった。

三ヶ月って、なに

その日、まず診てもらおうと思ったのはむしろ、新入り猫の青磁のほうだった。何しろ、九十歳を超える老人とふたり暮らしだったのだ。ラグドール特有の美しい毛並みはすっかりもつれて固まって、分厚いフェルト状になってしまっていた。

このままではブラッシングしてやろうにも櫛《くし》も入らない。偏屈でかなり凶暴なところもある青磁は、無理やりつかまえて何かしようとすれば怒りだして手が付けられなくなるし、かといってほうっておいたら皮膚炎になってしまうかもしれない。

弱り果てて、いつもお世話になっている動物病院に電話で相談したところ、まずは状態を見て、場合によってはごく弱い麻酔で安静にさせた上で処置することが可能とのことだった。

ひとまずほっとした私は、「じつはもうひとつ」と切りだした。

「もみじが、しばらく前から口の中を気にしているんです。奥歯に何かはさまっているみたいに、前足で口の横をこすっては首を振ったり、ぎし、ぎし、と歯ぎしりをしたり……。あと、ベッドのシーツに血の痕《あと》が残っていたことがありました。爪で口をひっかいたようにも見えないし、もしや血尿かと疑ってもみたんですが、おしっこをする時に痛がる様子もないし……。ええ、元気はふつうにあります。食欲もあります。ただ、食べにくいみたいで、量は前より減っている気がします。歳のせいかなとも思うんですが」

もちろん、そんな説明だけで診断が下せるはずはない。とにかく一度診せて頂けますかと言われ、翌日、青磁と一緒にもみじも連れて行くことになった。

診察室で、まずは青磁をケージから出そうとしたものの、それだけで大パニックになった彼は先生ばかりか私にまでシャアア、プハアッと威嚇の息を吐き散らして出てこず、早々に処置室行きが決定。寝ている間に毛刈りをしてもらい、眠りから覚めたところを夕方迎えに来ることになった。

続いて、もみじだ。車の中では例によってさんざん抗議の声をあげ続けたわりに、いざ診察台に乗せられると、彼女は聞き分けが良かった。さすがに自分から口を開けてはくれないけれど、私が身体を軽く押さえているだけで、何をされても暴れずにおとなしくしていてくれた。

私と同世代の女性の院長先生が、もみじの小さな口を手際よくぱかっと開け、中を覗く。

ん、という顔になった。眉根が寄る。

もみじの口角を耳の方へとぐいーっと引っぱり上げて、先生は、ああ、と呻《うめ》いた。そのまま、私に言った。

「ここ、見えますか。奥歯の後ろ側」

診察台の向こう側に回り、一緒に覗くと――見えた。はっきり見えた。上顎左側の奥歯、そのさらに奥の歯茎が、パチンコ玉くらいの大きさにぷっくり丸く腫れている。表面は生白く、そのまわりにびらびらと赤いひだのようなものも見える。

どうしてこんなに大きなものに気づかなかったんだろう。何度も口を覗いたはずなのに、奥歯に隠れ、口角の肉も覆い被《かぶ》さっていたせいで、内側からはわからなかったのだ。

もみじの口もとから手を離した先生は、彼女の頬を撫でて毛並みを戻すと、真顔で私を見て言った。

「口の中を気にしていたのは、この腫瘤《しゅりゅう》のせいでしょう。電話で伺っていた出血も、おそらく腫れたところが破れて膿《うみ》が出た時のものだと思います。問題は、これが良性のものか、あるいはそうではなくて悪性のものかということなんですが……」

ぎょっとなった。

悪性? ちょっと待って、悪性って……これ、歯肉炎みたいなものじゃないの?

当のもみじは、診察台の上からそろりそろりと私の膝に下りてきて、脇の下に鼻先をつっこんでいる。怖いわけではない。意に染まぬ事をさせられるのが不満なのだ。

「もう一度、奥の処置室で内側までちゃんと見せてもらって、あわせて血液検査と顕微鏡検査もさせて頂いた上でのことになりますが、今現在、これが邪魔になって食べるのに苦労しているということですし、できれば切除手術をしたほうがいいのではないかと思います。ただ……」

先生は言いにくそうに言葉を切った。

「できた場所が、難しいところなんです。奥歯のこの上はもう、すぐに目で、さらにすぐ上には脳があるんですね。表面に見えている腫れがこれくらいの大きさということは、内部へは、同じか、もっと大きく腫れている可能性があります。もみじちゃん、左目から涙が出ていますでしょ。それも、あるいは腫瘤に圧迫されてのことかもしれません」

手術をしても、どこまで取り切れるかはわからない。でも、とりあえず圧迫の度合いはましになるはずだし、異物がなくなれば食べられるようにもなるという。どうしましょうか、と訊《き》かれた。是非もない。お願いします、と私は頭を下げた。頭の中が真っ白だった。顔の色も白くなっていたと思う。

毛刈りをお願いした青磁とともに、急遽《きゆうきよ》、もみじまで預けて家に帰った。数時間後、手術が無事に終わって経過も良好だという電話をもらうまで、生きた心地がしなかった。

夕方、ともに麻酔からさめた二匹を病院へ迎えに行き、また連れて帰る。疲れ果ててぐったりしているもみじをまずベッドに寝かせてやり、それから青磁をケージから出してやった。

固まっていた毛を、首から下だけ丸刈りにされた青磁は、なんというかこう、地球外生物みたいだった。頭は大きく、尻尾はふさふさ、間の胴体はピンクの地肌が見えるほどのつるっぱげ……。この奇妙なバランス、見たことがある。いったい何だろう、何だったっけ、とさんざん考えて思い当たった。赤塚不二夫《あかつかふじお》の漫画に出てくる〈ウナギイヌ〉そっくりではないの。

気づいたとたん、思わず笑いがこみ上げてきた。青磁には気の毒だけれど、見るたびに「ぷ」と笑えて、でもそのことにどれだけ救われたかわからない。毛は、ひと月もすれば生えてくる。でも、もみじは……。

幸い、手術そのものはとてもうまくいった。院長先生自ら、今できることは全部やりきったと思っています、とおっしゃるほどの上首尾で、翌日の夕方くらいまでは昏々《こんこん》と眠ってばかりいたもみじも、いざ元気を取り戻すとモリモリ食べるようになった。口の中の異物がなくなっただけでこうも違うものかと目を瞠《みは》るほどの食欲だった。

食べて、飲んで、出して。ふだんは気にも留めずにいたそれらが、どれも当たり前のことではないのだと思い知らされる。

水を飲む。カリカリや缶詰のウェットフードを咀嚼《そしゃく》する。トイレの砂をかきまわし、用を足し、出すものを出し終えるとたちまち嬉しくなって爪を研ぐ。まん丸の寝姿、呼吸とともに上下するお腹、夢を見ながらひくひくと震えるひげや手脚、目覚めて私を見るなり甘えて鳴こうとして掠《かす》れる声……。

どれもこれもみんな、今ここにあるのが奇跡みたいなことなのだ。そう思うと愛おしくてたまらず、涙ばかりこぼれる。

血液検査や顕微鏡検査の結果は、どれも安心材料とは遠い。しかも、さらに詳しいことは、切除した組織を外部の機関に送った上で数日待たなくてはわからない。結果が出次第すぐにお報《しら》せしますから、と先生は親身になって言って下さったけれど、ほんとうは、経験から答えをすでにご存じなんじゃないかと私には思えた。

幾日か後、病院からの電話を受けた時のことをよく覚えている。夕方、おかずの材料を買いに行ったスーパーの駐車場だった。両手に袋を提げ、車まであと数歩というところで、なぜかふいに、（あ、鳴る）と思った。その直後、携帯が鳴った。

誰からの電話かということも、見る前からはっきりわかっていた。車の横に荷物を置き、意を決して耳に当て、結果を告げる先生の声をひどく遠くに聞いた。ここ数日、どうかそうではありませんようにと懸命に祈り続けてはいたけれど、その結果もまた、どこかで予期していた気がする。

——扁平上皮癌《へんぺいじょうひがん》。

予期してはいたけれども、ほんとうに癌だったとわかったとたん、すべての思考がそこで止まってしまった。

もみじが、癌。

もみじが、癌。

もみじが、癌。

頭の中は痺《しび》れてしまっているのに、電話に対してはそれなりにまっとうな答えを返している自分がいて、現実感というものがまるでなかった。明日病院に来られますか、と気遣わしげに訊いて下さる先生に、お願いしますと言い、時間までちゃんと決めて電話を切った。

家に帰ってから、もみじを抱きしめて声をあげて泣き、膝に乗せたままネットを検索した。

扁平上皮癌というのは、人間もかかる病気で、猫はとくに老齢の子がかかりやすく、患部は皮膚表面や口の中であることが多いという。進行は非常に速く、平均余命は――三ヶ月、と書かれていた。

三ヶ月。

三ヶ月って、なに。

さらにおそろしいのは、放射線療法の有効性がほとんど認められないこと、そして、口腔《こうくう》内にできた場合、手術での治療に限界があることだった。下顎ごと全部切除してしまうことで一命を取り留めた猫の例も載っていたけれど、もみじの腫瘤は上顎、それも奥の奥にできている。先生もおっしゃったとおり、そのすぐ上は目で、脳で……。それはつまり、完全に取り去るのはもう不可能ということに他ならなかった。

あるブログには、〈少しでも、同じ病気の猫を持つ飼い主さんの参考になれば〉と、進行を克明に追った闘病の記録が公開されていた。

勇気をふりしぼって画像を見るなり、倒れそうになった。目がなくなり、鼻がなくなり、顔の半分がなくなってしまっても、その猫は懸命に自分の力で生きようとしているのだった。

飲み込んでも、飲み込んでも、いやな生唾が湧いてくる。

もみじが……もみじの顔がもしこんなふうになってしまったら、私ははたして正視できるんだろうか。十七歳の今でも童顔で、表情豊かで、こんなにも愛くるしい彼女。想像するだけで心臓がひしゃげそうなのに、膝の上にいるもみじは私を見上げ、いったい何をそんなに震えているのかと文句でも言いたげに、ぬー、と鳴くのだ。

かすみがかかったような淡い三毛の背中に、涙がぼとぼと落ちた。

いのちの意思

もう二十年以上も前になるのか。当時上梓《じょうし》した『野生の風』という小説の終わり近くに、こんな一文を書いたことがある。

〈どんなに悲しいことがあろうと、人は永遠に泣き続けることはできない〉

あのころ私が知っていた、または知っているつもりでいた〈悲しいこと〉は、今かかえているこれと比べて、もっと大きかっただろうか。深かっただろうか。

ふり返ってみても、もう定かではない。永遠に泣き続けることができないばかりでなく、人は、悲しみの記憶そのものをずっとかかえていることさえできないのか。

膝の上のもみじをぐしゃぐしゃに抱きしめてまたひとしきり泣いたあと、半ば無理やり気を取り直す。

私が泣いて、この子の癌が消えてなくなるのなら、いくらだって泣けばいい。そうではないのに、今から心折れていてどうする。

猫は、自分の運命を受け容れることが上手だ。犬も、鳥も、人間以外の他の動物たちはみんなそうだ。言語を持たない彼らは、理屈でものを考えない。だからこそ可能なことのような気もする。

それでも、できるなら私も彼らに倣いたい。もみじの腫瘤がどうしても完治しないものならば、せめてここから先の一日一日を、彼女にとってできるだけ心地よいものにしてやりたい。

〈この癌と闘って必ず勝つ！〉

などと、遮二無二《しゃにむに》こぶしを固めるのではなくて、病気という運命はゆるやかに受け容れつつ、生きる気力や体力を保つためにできることを手助けする。食いしん坊の彼女が、できるだけどこも痛まない状態で好物の缶詰やカリカリを食べられる状態を保てるように、口の中の腫れ物が大きくなった時だけ先生に切除してもらい、症状に応じたお薬を最低限処方してもらって、あとは、もみじ自身の意思に任せる。

もみじ自身の意思……。それはすなわち、いのちの意思、である気がした。誰も、逆らえない。神さまが決めたことと言って語弊があるならば、いのちそのものが決めたことだから。私たちもいつか、それに従うしかないのだから。

扁平上皮癌になった猫の平均余命が三ヶ月というのは、あくまでもそういうデータがあるというだけであって、もみじがそこまでしか生きられないと決まったわけではないし、必ずしも最期《さいご》は苦しむと決まっているわけでもない。

院長先生だって言って下さったじゃないか。

「同じ病気で、それよりも早く亡くなった子は、うちにはまだいません。それにどの子も、最期はそれこそ眠るように、苦しむことなくすうっと楽に旅立っていってくれたんですよ。飼い主さんが皆さん不思議だっておっしゃるんです。今しかないっていうタイミングをはかったかのような旅立ちでしたよ、って」

いつかは必ず来るその時を想像しては、情けなくも泣き顔になってしまう私を勇気づけるように、先生は続けた。

「まずは、三ヶ月を目標に。そこまで頑張れたら、また一ヶ月、またその先へと、希望をつないでいきましょう。奇跡は、起きるかもしれないんですから」

お医者さまという立場上、無責任な楽観を口にすることはできない。それでも、何とかして私を力づけようとして下さっているのが伝わってきて、ほんとうにありがたかった。

そう——もみじの今の状態で、三ヶ月以上生きるのはやはり〈奇跡〉なのだ。でも、もしもこの世に奇跡の起きたためしがなかったら、そもそもそんな言葉自体が存在するはずはない。たまには起きることがあるからこその、奇跡、ではないのか。

もみじのすべらかな背中を、何度も撫でる。これまでたくさんの猫たちと付き合ってきたけれど、こんなにも柔らかく、こんなにも艶《つや》やかでしっとりとした毛並みを持つ猫は彼女が初めてだ。専用の櫛で優しく梳《す》いてやると、彼女は気持ちよさそうに目を細め、喉をぐぅるぐぅると鳴らす。丸まっていた身体がだんだんとしどけなくほどけてゆき、やがて、つきたての餅のように長々と伸びる。猫の身体は液体だ。だから、狭いところにも入り込めるし、どんな隙間にもぴったりおさまる。もちろん、心の中の空洞にも。

もみじの背中は、淡くけぶったようなパステル三毛だけれど、手脚やお腹は真っ白な毛に覆われている。仰向けになると雪うさぎと見まごうほどだ。その胸の、ひときわ柔らかい和毛《にこげ》を寝ている間にちょっとだけ切らせてもらって、私はそれを小さなボトルの形をしたガラスのネックレスの中に入れていた。もみじの病気がわかるよりも前のことだ。以来、旅をする時などは、お守りとして必ず携えている。

年下の友人である作家・千早茜《ちはやあかね》が贈ってくれたその繊細で美しいネックレスは、「涙ガラス制作所」の松本裕子《まつもとゆうこ》さんによる作品で、吹きガラスなどの手法を使って一つひとつ丁寧に手作りされている。

いつかもみじが逝ってしまった後の身体から、毛だけ切り取って分けてもらうのは悲しいから、まだまだ元気な今のうちに……などと、あの頃はそれなりに先のことを考えているつもりでいた。のんきだったな、と今では思う。先を見据えているようでいて、覚悟など少しも定まっていなかった。

〈キャンサー・ギフト〉という言葉がある。

癌になった人が、病気をきっかけにして、これまでは気づかなかったことに気づかされたり、今まで以上に周囲に感謝するようになったり、毎日のささいな出来事に感動したり……それらの変化を、〈癌からの贈りもの〉として前向きにとらえた言葉だ。

私自身が病を得たわけではないから、えらそうなことは言えないのだけれど、もみじの口の中にできた腫瘤がきっかけとなって、たしかに、日々の持つ意味は変わった。ほんとうに、がらりと変わった。

人の言葉があたたかい。花や緑がうつくしい。

空が、光が、まぶしい。朝が、夜が、降りかかる雨が、吹き抜ける風が、冷たく澄んだ水が、柔らかいお布団が、ストーブの火が、ぜんぶ愛しい。

この季節、この風景を、もみじと並んで眺められるのはもしかしてこれが最後になるかもしれないと思うと、何もかもが宝物のように思えて、胸が苦しくてたまらなくなる。

そんなふうに、心の表面の濡《ぬ》れた粘膜が常にひりひりとむき出しになった状態の私が、毎日の生活の中で〈独りきり〉でなかったのは、僥倖《ぎょうこう》と言ってよかった。

……あれれ、おかしいな。旦那さん一号とお別れしたあと、旦那さん二号はまだ出てきてさえいないのに、とっくに退場した後の話になってしまっているよ。

まあ、いいや。はしょることにして、先を続けます。

コドモのうちは、見るものすべてが
めずらしくてフシギ。
花を取ろうと手をのばして
溺れちゃう姫君みたいだよ

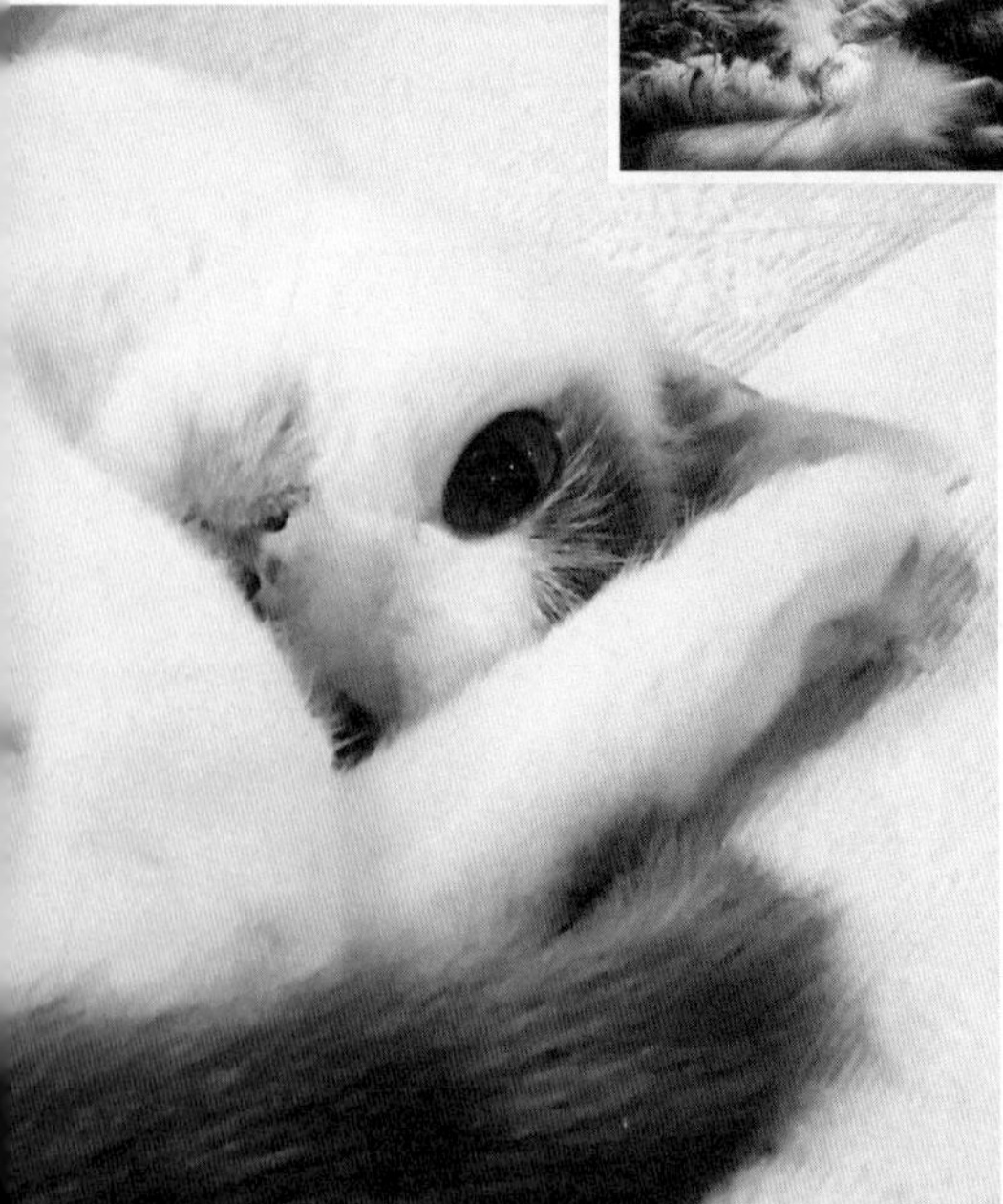

寝てるのかと思っていると、
見てる。見られてる。
何もかも、見透かされている。

2

住まいと、猫と、恋愛と

近しいいのち

私の場合、その時々で暮らしていた住まいと、当時お付き合いをしていた人とは、記憶の中でかなり強固に結びついている。

東京・石神井公園の生家から池袋の大学に通い始めて、嬉し恥ずかし最初の彼氏ができたものの、二十歳の時に東京ディズニーランドの花火が見えるところに引っ越したら、先輩だったその人とはすれ違いが増えて駄目になってしまった。

二人目の彼氏とは二年ほどお付き合いしたけれど、お互い就職したらやはり会うことも少なくなって、やがて勤め先の塾の先生との交際が始まり、二十五歳で結婚して千葉県本八幡《もとやわた》の彼の実家で暮らすことになった。

その旦那さん一号との生活はそれなりに長かったので、住まいも何度か移っている。本八幡から、長野県真田町《さなだまち》（今の上田市）にある彼の祖父母の持ちものだった空き家に引っ越して、毎日お風呂を薪《まき》で焚《た》く生活を経験し、翌年の春、彼が教師の職を得たのをきっかけに、南房総は鴨川市の、小さな一戸建ての借家に引っ越した。

そこで作家デビューしたのが二十八歳の時で、以来、同じ鴨川市内で三回の転居をくり返し、山奥に三千坪の農場まで作りあげ、きっとここが終の棲家になるのだろうと思っていたのに、結婚十七年目に私一人が出奔《しゅっぽん》してしまった。そのとき連れて出た猫が、もみじである。

東京で初めて独り暮らしをしたのが、例の〈無人の部屋からピアノの音色事件〉の舞台となった芝浦運河沿いのリノベーション物件だ。そのころ経験した恋愛は、おおむねしんどかった。もみじがいなかったらどうなっていたかと思うくらいしんどかった。

やがて、のちに旦那さん二号となる人と知り合い、都内でさらに二度、レインボーブリッジのすぐ横に建つサンドイッチみたいな形の高層ビル、下町・両国《りょうごく》の倉庫物件と、家移りをくり返し、途中、わりと衝動的に籍なんかも入れたあとで、都会はもういっか、となって軽井沢のだだっ広い写真スタジオを購入。四トンロングのトラック三台ぶんの荷物とともに越してきた。それが、今も暮らしているこの家である。

もみじは、常に一緒だった。運河沿いの部屋から後は、メインクーンの銀次もそこに加わった。

やがて、軽井沢で迎えた五回目の夏が終わる頃、旦那さん二号ともお別れし、ひと月半ほどたった秋のさなかに、ちっちゃな兄妹、サスケと楓を迎え入れた。

女ひとりでの冬支度。日々の雪かき。

都会ならまだしも、軽井沢の冬はしばしばマイナス十度を下回る。雪の量はともかく気温は札幌《さっぽろ》よりも低いのだ。

再び独り身に戻ったことへの後悔はまったくもって皆無だったけれど、たまに、いきなりわんわん泣きたくなったり、ぜんぶを投げだしてしまいたくなるような衝動が襲ってきて、それをなだめすかしながら年の瀬をやり過ごしていた頃——思いがけず支えになってくれたのが、今のパートナーだ。

私のTwitterのつぶやきなどでは便宜的に〈背の君〉などと表記しているので、ここでもそれに倣うことにするけれど、彼とは、じつは、出会ったわけではない。生まれた時から知っているのだった。

なれそめ（?）はなんと、干支《えと》を四周ぶん遡《さかのぼ》る。何しろ、彼がおむつを替えてもらう場面を横から覗き込んでいたくらいだ。

そのとき私は四つか五つ。なんでも彼の母親の話によると、そばにしゃがんだ私は、くっさいおむつに顔をしかめながら、

「こぉんなこともしなきゃならないなんて、おかあさんってたいへんだねえ」

みたいなことを言ったらしい。ということは、同時に彼の大事な部分もガン見したはずである。残念ながら覚えていない。

そこは大阪の祖母の家だった。幼い私は、母が身体をこわして療養していた一時期その家に預けられていたし、小学校に上がってから後も、夏がめぐってくるたびに母に連れられて行っては休みの間じゅう滞在していた。門構えからしてどっしりとした大きな家だった。祖母は、夫を亡くしたあと女手ひとつで母たち三人姉弟を育てながら、働いて、働いて、ようやくそこを手に入れたそうだ。その一階で、祖母とともに長男夫婦が暮らし、次男一家は二階に住んでいた。

私は何しろ自分の母が怖かったから、祖母の家へ行くとほっとした。大好きなおばあちゃんと二人の叔母《おば》たちには安心して甘えることができたからだ。何かを口に出す前に相手の顔色をうかがわなくていい、というのがどれほど素晴らしいことか、あの家で教えてもらった気がする。

「お二階は別のおうちやねんで。勝手に行ったらあかん」

と言う母の目を盗んでは、こっそり二階へ上がり、若いほうの叔母である〈純《じゅん》ちゃん姉《ねえ》ちゃん〉が模写してくれる漫画やアニメのキャラクターたちに色を塗っては遊んでいた。私が母に叱られるといつも、純ちゃん姉ちゃんは、

「義姉《ねえ》さん、すみません、わたしが『おいでー』言うて由佳ちゃんを呼んだんですわ」

と、かばってくれた。

彼女の絵ときたら何しろ素人離れした巧《うま》さで、ふすまにはバカボンやニャロメやケムンパスが、こたつカバーにはブラック・ジャックやピノコや矢吹丈《やぶきじょう》や力石徹《りきいしとおる》や『ジャングル大帝』のレオなどなどが、色とりどりの太マジックで描いてあるのだった。

「由佳ちゃん、今晩からテレビで始まる『海のトリトン』、きっと面白いから観《み》てごらん。もとは手塚治虫《てづかおさむ》っていう人が描きはってんよ」

アニメという言葉が一般的でない頃からそれを観る楽しみを教えてくれたのも、また、漫画のコマを追う順番を教えてくれたのも、それに、この世に〈フルーチエ〉という天上の食べものとしか思えないようなおやつがあることを教えてくれたのも、純ちゃん姉ちゃんだった。

そうしてそこへ、背の君が生まれてきたわけである。

まだうんと小さかった彼との記憶をたどれば、そこには夏の庭がある。祖母の家にふさわしい、風格のある和の庭だった。陽射《ひざ》しが強いぶんだけ影が濃く、日陰の置き石はひんやりと冷たいかわりに、日向のそれは目玉焼きが作れるほど熱かった。灯籠の足もとにトクサやミョウガが植わり、日ざらしの土塀のそばには背の高いヒマワリが一列に並んでいた。

あれはたしか私が一年生、彼が二つくらいの時だ。ヒマワリの巨大な葉っぱの上にアマガエルがいて、つやつやと輝くそれをそっと握って彼の小さなてのひらにのせてやると、冷たさにびっくりしたのか、ぱっと手を引っ込めた。足もとに落ちたアマガエルが、ぴょんぴょんと跳んで草むらに隠れた様子を覚えている。

風の止まった午後、奥の座敷に座布団を並べ、二人して祖母に扇子であおいでもらいながらお昼寝をするのが日課だった。裏庭に面した渡り廊下をたどって、昼なお暗いお便所まで、彼に付いていってやったこともあった。

そんな具合に、ある一時期はきょうだいのように親密に育った仲だ。私自身は、下の兄とさえ十も離れて生まれてきた末っ子の長女だったから、初めてできた〈弟〉が可愛くてしょうがなかった。彼のほうも懐いてくれて、どこへ行くにも

「ユカねえちゃん、ユカねえちゃん」と私の後ろをとことこ付いてきた。

でも、ありがちなことに、中学に上がる頃から私はあまり祖母の家へ行かなくなり、彼もまた多くの男の子がそうであるように、めったに現れない年上のいとこなんかとはあまり口をきかなくなっていった。

私が大学一年の夏、東京の家に、中学三年の彼が弟と一緒に泊まりがけで遊びに来たことがあるけれど、これまた、私のほうはごくうっすらとしか覚えていない。たぶん、部活とアルバイトに忙しかったか、最初の彼氏である先輩とのおつきあいに頭がポーッとなっていたかのどちらかが原因だろう。

それ以来、彼とは一度も会っていなかった。祖母が九十歳を過ぎて亡くなる直前、私が大阪の病院へ見舞った時はすれ違いになってしまったし、お葬式には出られなかった。子どもの頃からあんなに可愛がってくれたおばあちゃんだから、お葬式にはぜひ行きたいと言ったのだけれど、当時の旦那さんにえらい剣幕で反対されてしまったのだ。

「いつも言ってるだろ。生きてる間にたいしたことしてやんなかったくせに、死んでから泣くなんて偽善以外の何ものでもないじゃん」

と、そのとき旦那さん一号は言った。

「後悔するくらいなら、相手が生きてるうちにできることをしてやれっての。葬式なんてわざわざ出かけていく必要はないね。あんなものはただの儀式で、遺《のこ》された人間のための慰めでしかないんだからさ」

そうだ、そのとおりだ。遺された者が、愛する人の死を何とかして受け容れるためにこそ、お弔《とむら》いというものは存在する。お葬式がほぼかたちの決まった儀式であるのも、辛い時にあれこれよけいなことを気に病まなくて済むからだろう。それの何がいけないのだ、と、当時の私には言えなかった。弱かったと思う。

近しい身内を喪うのはそれが初めてだったけれど、近しいいのち、という意味で言うのなら、幼い頃からたくさんの生きものたちを見送ってきた。二十歳まで暮らした練馬区石神井台の家の庭には、猫や犬、小鳥やハムスターやカブトムシや金魚にいたるまで、数え切れないほどのお墓があった。

死んでしまった当初は泣いて、泣いて、どうしても受け容れることなどできなかったものが、庭の木の根もとなどに父や兄とともに穴を掘り、愛するもののなきがらをその底に置き、上からそっと土をかけて最後に花を植えるまでには、心がちゃんと学んでいた。

喪った痛みは忘れられなくとも、その痛みごと受け容れて、あきらめること。

喪われたいのちへの愛情は胸の中に残しつつ、執着は手放すということ。お弔いの時間とは、納得しがたいことを納得するために、そう、まさに遺された者の慰めのためにこそあるのだ。

時を巻き戻せるのならば、そういう自分の考えや思いをはっきり告げて、たとえ反対されようと何だろうと祖母のお葬式にだけは出たかった、と今でも思う。後悔というのはほんとうに、後からしかできないから悔しい。

ともあれ——その葬儀ではとうとう会えないまま、十五歳だった背の君と、十九歳の私とが最後に会った年から数えてちょうど二十五年後の夏に、お互い、いいおっちゃんとおばちゃんになって、私たちは再会したのだった。

とはいえ、その時もそのあとも、何か特別なことが起きたわけではない。付き合うことになったのは、久々の再会よりさらに七年後の冬、初めて二人きりで会った時からだ。偶然というのかどうか、彼も私もバツ二になっていた。

いま、背の君とは、軽井沢の家で一緒に暮らしている。

細かいことだが、はじめの数ヶ月で、日常会話が完全に大阪弁になっていた。

私自身は関西圏で暮らしたことがないにもかかわらず、あの母が昔から家でも外でも頑《かたく》なに貫き通した大阪弁が、よほど耳に染みついていたものらしい。

ただし、父の転勤によって母が東京へ引っ越してきたのは五十年以上前のことなので、彼女の言葉はその時代のまま止まってしまっている。結果として私の大阪弁は、イントネーションこそほとんどネイティヴであっても、今ではあまり遣う人のいない古い言い回しがあちこちに入りまじるものとなった。うっかり人前で喋《しゃべ》ると、いわゆる大阪のおばちゃんどころか昔の芸人っぽい感じが色濃く漂ってしまうのはそのせいだ。

ありがたいことに、背の君は働き者だった。もともとが職人なので、いいかげんなことが許せない。かといって、私のだらしなさが生まれつきの筋金入りで、今さら矯正など不可能であることはよくよくわかっているわけで、文句を言うくらいなら自分が動いたほうがはるかに早いと思い定めたらしい。

結果として彼は、もみじをはじめとする猫たち五匹の食事と健康とトイレの世話を一手に引き受け、水槽三本の熱帯魚や、金魚や、ベタや、イモリの〈ミユキちゃん〉や、家の内と外にわさわさと生い茂る植物たちの面倒も見てくれるようになった。他に、車の整備、家電や道具のメンテナンス、家そのものの不具合の修繕、夏の草刈り、冬の雪かき、そして何より、私という面倒くさい女のケア。

いやもう、獅子奮迅《ししふんじん》の大活躍である。

法律上、いとこ同士というのはしようと思えば結婚もできるわけだけれど、今のところは必要を感じていない。先のことはまだわからない。わかるのは、もし籍を入れたとしても親戚は一人も増えないなあ、ということくらいだ。

ただ、かつての旦那さん一号にも二号にも、とうとう本音をさらけ出せないままお別れすることになった私が、彼に対してだけは思ったことをそのまま言える。もしかすると大阪弁を喋る時の私はちょっと人格が変わるのかもしれず、お互い遠慮がないせいでしばしば激しい喧嘩もするけれど、そんな時でも、〈どうせこのひとともいつか終わる〉と思わずに済む。終わるも何も、もともと血がつながっているのだから。

母親、といういちばん近しい身内とどうしてもうまくいかずに、血のつながりというものを呪ってさえいた私が、なぜか今、めぐりめぐって身内に救われている。不思議なものだ。生きるって悪くない。

ちなみに、もみじは、彼と私の間にはさまって川の字に並んで眠るのが大のお気に入りだ。

これもまた、彼女の十七年の猫生をふり返っても初めてのことなのだった。

猫に「忖度《そんたく》」はない

朝いちばんに目を覚ますのは、もみじだ。午前三時を「朝」と呼ぶのが正しいならばの話だけれど。

布団からごそごそ這《は》い出すと、まずは、壁のほうを向いて寝ている背の君の後頭部をおでこでぐいっと押す。缶詰を開けろ、の合図だ。

眠りが深くて反応がないとなると、今度は私の頬やこめかみに対して同じことを試す。けっこう痛い。猫の額は、狭いばかりでなく硬いのだ。

二人の間を往復して、ぐいぐい頭をこすりつけ、ついでに鼻水などもなすりつけるうちに、うっきゃーん、うっきょーん、という鳴き声は徐々に大きくなってゆく。もみじの持つ〈ことば〉は私のそれに準じるので、同じく今は完全に大阪弁である。

〈何しとんねん、あほんだらー。さっさと起きて、うちのために缶詰開けんかーい〉

こんなにおねだりしても起きひんねやったらしゃーないにゃー、とか、お腹すいたけど我慢して待ったげよっかにゃー、とか、二人ともきっとめっちゃ疲れてはんねんにゃー、などという「忖度」は、いっさい、ない。こうと決めたことに従わない下僕《げぼく》は決して許さないのがもみじであり、そもそもそれが正しい猫のありかたなのだ。

わりに早い段階で、背の君がむっくり起き上がる。

「わかったわかった。ちょぉ待ちぃや、今開けたるから」

根負けすると言うよりは、それも性分なのだと思う。私だったら、深夜三時に(そう、「朝」ではない)起こされるのは辛いから、夜寝る前に缶詰をお皿に盛って置いておく。そうしておけばお腹がすいたら適当に食べるでしょ、というふうに、自分が楽をする方法を考えてしまうのだけれど、彼は違うのだ。

「食いもんがいつでもあるいうのんは良うない。腹が減るのはええこっちゃ。減ってから『減った!』言うて、そん時に新鮮なもんをもろたほうがええはずやんか」

そんなわけで、午前三時に起き出した背の君は、紅葉《もみじ》の葉っぱの形をした有田《ありた》焼《やき》の器に、缶詰を一度に食べきれる量だけ盛り、残ったフードはガラスの小分け容器に移して冷蔵庫に入れる。器に盛ったほうはレンジで十秒だけチンしてやり、猫用のカツオ節をふりかけて、もみじの鼻先に置く。

「いっぺんにがっついたら、ゲー、なるで。ゆっくりゆっくり食べや」

そうすると、もみじのほうもまるで聞き分けたかのように素直に一旦休んで水を飲み、前足で口やひげのまわりをくるくる拭って毛繕いをし、それからまたおもむろに器のところへ戻って、続きを食べ始めたりする。私はといえば、ふたりのそんなやり取りを、ベッドから半身を起こして泣き笑いのような気持ちで見つめているのが常なのだった。

動物に人間の言葉などわからない、と言う人もいる。通じていると思っているのは（思いたいのは）人間のほうだけで、向こうはせいぜい声の調子で判断しているに過ぎない、という意見もあるだろう。

私にしても、猫や犬を人間扱いしているわけではないし、すべてわかり合えていると決めつけるのはかえって彼らに対して失礼だとも思うのだけれど、それでもなお、我が家の猫たちのうちでも特にもみじに関しては、ある程度まではこちらの言葉がわかっている、そうとしか思えない、と感じる時がたくさんある。

「とーちゃん今忙しいからな、かーちゃんの膝へ行っとけ」

と言われれば、背の君の膝から下りて、のそのそと私の膝に乗ってくる。

「もみちゃん、お風呂入るけど一緒に来る？」

と訊けば、んっきゃあ、と嬉しげに鳴き、いそいそと先に立って風呂場へ直行する。

「ごめん、寝んのん、もうちょっとだけ待っとってな。この原稿書きあげて送ってまうまで、あともうちょっとだけ！」

平身低頭で拝めば、うぬうー、と喉声で文句を言いつつも、おとなしくうずくまって邪魔しないでいてくれるし、

「もみじさんはほーんまに美人さんやねえ。世界一可愛《かい》らし猫なんちゃう？」

と褒めそやせば、そんな当たり前のこと今さら言わんといて、とばかりに鼻面をつんと上げて横を向く。

偶然にしては、いつもいつもそうなので、背の君も私も今やあきれて頷《うなず》き合う毎日だ。

「やっぱこいつ、わかっとる」

「うん、ぜぇんぶ理解してるよね」

親ばかと笑うなかれ。何しろ十七年間もずっと一緒にいて、朝昼晩ひっきりなしに話しかけてきたのだ。言葉、というものの捉え方は人間と違うかもしれない

けれど、意味については、かなりのところまで理解していて当然なんじゃないか。おそらくは、こちらが思っているよりもはるかに正確にわかっていて、ただ口や舌の形状が人の言葉を発音するようにはできていないから喋れないだけなんじゃないか。というか、私たちのほうこそ、彼らの伝えようとしていることの百分の一もわかっていないんじゃないか。そんなふうにさえ思う。

言葉、だけではない。むしろ、言葉にできない胸の裡《うち》、人と人との間で生じる軋轢《あつれき》や事情の部分まで、もみじにはすっかり見透かされている気がする。

いつだったか、背の君と私がめずらしく大喧嘩をしたことがあった。

……もとい、正直に言い直します。時々、いやしばしば、背の君と私は大喧嘩をする。

私にとってそれは、とてつもなく意外というか、ほとんど信じられないような事態だった。くり返しになるけれど、誰かとの間に争いごとが勃発するくらいなら、自分の意見や望みなど呑みこんで黙っていたほうがよほどストレスが少ないと考える性格なので、これまでの半生で私が相手の男性に対して遠慮なく声を荒らげたり、泣いたりわめいたりブチ切れたりする時は、それ即《すなわ》ち〈終わり〉の可能性を意味していた。この人とはもうこれきり終わっても仕方ない、それでも結構、とまで思い定めなければ、怒りをはじめとする負の感情を露《あら》わにするのはもとより、相手と違う考えを主張したり、明らかな間違いを指摘することすらできなかったのだ。

だから、背の君に対して、初めてたわいないことで感情をむき出しにして怒りまくった時、私は自分で自分にあっけにとられた。親にさえ、そんなふうに気持ちをぶつけるなんてこと怖くて絶対にできなかったのに。

やがて激情の嵐が去り、どちらもが少しずつ歩み寄って言い過ぎたことを謝り、仲直りを（念には念を入れて丁寧に）した後――待ちくたびれたもみじは、〈もうええか？　もう済んだんか？　ごくろはんなこっちゃな〉とでも言いたげに、おでこでぐいぐい割り込んできた。彼女を間にはさんだ私たちは、こらえきれずに笑いだしした。

「さっきの、喧嘩の真っ最中のもみちゃん、見た？」

「見た見た。あれ何やねん、いったい」

「わざわざうちらの間を、やーやーぎゃーぎゃー右往左往」

「間を取りもってるつもりやってんで、きっと。『かーちゃんお願い、やめてぇー、とーちゃんをいじめんといてぇー』」

「逆やっちゅうねん、あほ」

犬も、いや、猫も食わない痴話喧嘩。

けれどそれは、私にとっては正真正銘生まれて初めての、揺るがない信頼を土台にした「甘え」の発露だったのだ。


いちばん早起きなのがもみじ、という話までだった。

夜中だか明け方だかよくわからない時間帯に缶詰を（背の君が）開けてやり、ふらふらとベッドに戻ってもう一度とろとろ眠りに落ちると、じきにほんとうの朝がやってくる。夏ならば四時くらいにはもううっすらと明るいし、冬は六時頃にならないと闇は去らない。

軽井沢高原の朝、というと多くの人は爽《さわ》やかな夏のそれを思い浮かべるだろうけれど、じつのところ、冬の朝の美しさといったらない。

仕事場の窓の外、すぐ近くを通る〈しなの鉄道〉の線路を三両きりの始発電車が走ってゆくと、凍《い》てついた架線とパンタグラフがこすれてガガガ、ガガ、と音をたて、火花が飛び散る。大きくて派手な線香花火のようだ。しかもそれが雪の朝だとなお素晴らしい。ぼんやり青白く明けてゆく林を背景にさらっさらの粉雪が舞い上げられるのを、こちらは白銀の檻《おり》の中から、つまり軒先から何本も並んで垂れ下がる氷柱《つらら》越しに、うっとりと眺める。厳寒の季節にしか見られない、夢の光景だ。

そうしてすっかり朝が来ると、他の四匹の猫たちも起きだしてくる。

いちばんにとんできて、

〈二階さ行くんだっぺ？　な、そうだっぺ？〉

とばかりに階段へ誘おうとするのは青磁だ。亡き父の家から連れてきた房州《ぼうしゅう》育ちの彼は、いまだに他の猫たちと心底打ち解けようとはしないけれど、今は何よりベランダに出るのがいちばんの楽しみらしい。二階へ行きたがるのも早くドアを開けて出して欲しいからだ。

次にのそのそと起きてくる銀次と楓は、たいてい一緒。銀次はひとりで寝たいはずだが、〈銀おぢさま、大好きぃ～ん〉な楓がそれを許してくれない。銀次が寝れば、その腹の上で寝る。銀次が起きれば、後をついて歩く。恋人を気取っているのか、それとも親だと思っているのかはよくわからない。いずれにせよ、我慢強い銀次はたいして文句も言わずに付き合ってやっている。

その楓と同腹の兄である黒白ハチワレのサスケは、寒い季節には勝手にキッチンの戸棚をこじ開け、中の段ボール箱にもぐりこんで寝ている。ちょうど冷蔵庫の裏側にある戸棚だけに、けっこう熱がこもるらしい。ビビリの彼は、来客があるとすぐさま察知してどこかへ姿を消し、帰るまで絶対に出てこない。とにかく〈とーちゃん〉こと背の君さえいればそれでいい、というくらいの甘ったれだし、猫のくせに生っぽいものは決して口にしない。生魚はもちろん、缶詰も駄目で、頑としてカリカリしか食べない。ついでに言うと、こちらが生足だと絶対踏まない、という徹底ぶりである。

事ほど左様に、個性も好みもばらっばらの猫たち総勢五匹を相手に、栄養が行き渡るように数種類のカリカリを用意し、うんちの状態をチェックし、毎日必ずブラッシングをするのはもちろん、背の君の役目だ。彼がこの家で暮らすようになっていちばん喜んだのは、もしかすると私ではなく、猫たちだったかもしれない。

幸せの基準

もともと住居としてではなく写真スタジオとして、それも夏の一時期だけ過ごす場所として建てられたせいか、この家には断熱工事がほとんどなされていない。だから冬はものすごく寒い。今でこそリフォームのおかげで寝室や仕事場だけは快適になったものの、引っ越してきた当初は本気で凍え死ぬかと思った。狭い一部屋だけを閉め切ってストーブを焚き、なおかつダウンジャケットを着込み、執筆中は軍手の指先を切ってキーボードを叩いていたほどだ。よくもまあ、生きてあの冬を越せたものだと思う。膝の上で丸くなることで温《ぬく》もりを分けてくれた、もみじと銀次のおかげだったかもしれない。

そもそも、どうして東京から引っ越しをする気になったかといえば、それまで旦那さん二号や猫たちと一緒に暮らしていた両国・国技館近くの倉庫改造物件（改造したのは私だけれど）のお家賃が、このまま払い続けるには高くてもったいないんじゃないかな、と思い至ったせいだった。改造に取りかかる前に気づけよ、という話ではある。

そして、移住先がなぜ軽井沢だったかといえば、理由は二つあった。一つには、自然環境の良さはもとより、新幹線で一時間十分程度と、東京との行き来がしやすいこと。もう一つは、分母の数が大きかったことだ。つまり、別荘を含め、売りに出されている中古住宅の物件数がとても多かったんである。

ただし、譲れない条件があった。「広さ」だ。両国の倉庫物件が、一階から三階まで合わせて三百平米だったから、荷物の多さを考えると最低でもそれ以上欲しい。となると、いくら物件がたくさんあっても、条件に合うのはどこかの会社の保養所だったものか元ペンションくらいしかない。

世は、「断捨離《だんしゃり》」の時代である。「断」とは入ってくる要らないモノを断つこと、「捨」は家にあるガラクタを捨てること、「離」はモノへの執着から離れること。折々に自分の生活を見直し、今の自分にとってほんとうに必要なものを見極め、必要のないものは買わず、潔く処分していく――それがつまり「断捨離」の極意であるらしい。

そのつどとことん吟味して、必要のないものは買わない・持たない、そういう生き方を、潔くて素敵だとは思う。

でも、自慢じゃないけれど（というか自慢にも何にもならないのだけれど）、私は何しろモノが捨てられないたちなのだ。

おまけに、ふだん喉から手が出るほど欲しいと思うのは、どれもこれも皆、その時点で必要のないことがわかりきっているものたちばかり。「その時は要ると思って買ったけれど今は要らなくなったもの」なら処分もできるだろうけれど、最初からどう考えても必要ないとわかっていて、それでも惹《ひ》かれて手に入れたものは、いつまでたっても要らなくなったりしないんである。

結果として我が家は、今もなお、たいていの人からすれば「不要なもの」の墓場みたいに見えるだろうと思う。ふだんよく行くお店は、インテリアショップではなくて店舗什器《じゅうき》を扱うショップが多いし、服を買いに入ったはずの店でも、どう考えたって売り物ではない陳列台や、飾ってある年代物のレジスターとかに目が行く。で、結果として、別に無くても困らないものばかりを大枚はたいて買ってしまうのだ。

お店で支払い手続きをする最中、店員さんの目がこう言いたげなのを何度も見てきた。

〈頭おかしいんじゃないか、こいつ。そんなもの家に持って帰って、いったいどうする気だ？〉

どうする気だ？ってそんなこと、帰ってから考えるにきまっている。

実店舗に限らず、ネットショップや「ヤフオク！」などもよく利用する。うまくすると、ペンキの剝げた古い鎧戸《よろいど》とか、産業革命時代に作られた鋼鉄ビス打ちの四連ロッカーとか、昭和の栗材《くりざい》の本棚などなどが、どれも相場より安く手に入るのだ。

お金を出して手に入れるものばかりではない。馬鹿力を頼りに拾ってきたものや、人から頂いたものもたくさんある。値段や価値はどうでもいい。古いといってもアンティークではなくただのガラクタなので、たとえ売ったところで二束三文、逆に処分費用を取られそうなものしか所有していない。泥棒が入っても全然困らないし、猫たちがいくら爪とぎしようがかまわない。傷もまた味わいの一つであり、そのモノの運命だと思うからだ。言い訳のようだけれど、私はモノに執着しているわけではなくて、ただ、彼らが経てきたであろう時間や、背景にあるはずの物語がたまらなく好きなのだ。傷や凹《へこ》みの一つひとつが愛おしい。

とまあそんなこんなで、軽井沢に越してくる時には、荷物が四トンロングのトラック三台分にもなってしまった。

ツノがはえていたり壊れやすかったり重たかったりと、梱包《こんぽう》しづらくて積み重ねられない類いのものが多かったとはいえ、通常は四トントラック一台あれば五人家族の引っ越しがまかなえます、と聞かされると、さすがにこう、もしかしてうちはちょっとばかりモノが多めなのかな、という反省はある。

でも、ありがたいことにというか、困ったことにというべきか、建物そのものが大きかったおかげで、とにもかくにもすべての荷物を収容することができてしまった。

初めて物件を見に来た時は梅雨の晴れ間で、外からひと目見て気に入った。その時点で築十七年だったばかりか、売りに出されてからすでに二年くらいたっていたために、売値はあり得ないくらい下がっていた。今の軽井沢の条例では、この広さにこの高さの吹き抜けがある建造物はもう造れません、と聞かされて、よけいに惹かれた。

アーチがあしらわれた木製の建具。ホールの切妻屋根の下に配された大きな九つの窓。そこから射し込む西陽の感じに、むかし通っていた学校のチャペルが思い出されて、初めて訪れたのに懐かしかった。南側には周囲を背の高いモミの木に囲まれた小さな庭があり、建物正面の外壁は一面、古びたレンガタイル張りだった。これらすべてが、長い冬の間、真っ白な雪に閉ざされるのか。

――クリスマスの飾りがものすごく映えそうだ。

そう思ったとたん、勝手にここに住むと決めていた。お金の算段は後回しだった。

「なんじゃこりゃあ。なんちゅう無駄な空間や」

初めて軽井沢の家に来て、庭先からホールへと足を踏み入れた際の、背の君の第一声はそれだった。付き合い出して以来、彼の郷里である大阪でしか逢《あ》ったことがなかったのが、半年たった六月の終わりにようやく長めの休みを取って遊びに来てくれたのだ。

「あのなあ、姉ちゃん」

と、彼は言った。ふだんは私の下の名前を呼ぶのだが、甘えてくる時か、あきれて諭す時だけは、昔の通り「姉ちゃん」になる。今は当然、後者だ。

「あのなあ、姉ちゃん。人間、『起きて半畳、寝て一畳』て言葉、知ってるか？」

「ん、知っとる」

と、私は素直に頷いた。

「ほな、これは何やねん。こんな体育館みたいなとこ、なんぼ不動産屋に案内されたかて、ひと目見て『要らん』ちゅうて帰るのが普通やろ」

「せやなあ。私の前にここ見に来たお客さんはみんな、五分とおらんと帰ったらしい。広いわりに安いのんはええけど、使い途《みち》に困る、言うて」

「当たり前じゃ。それが常識的な判断いうもんや。姉ちゃんはいったい何がしたかってん」

　少し考えてから、私は言った。

「子どもの頃からの夢やっててんもん」

「何が」

「吹き抜けの天井まで壁一面の、大〜きな本棚が。真ん中へんの高さにその本棚のためだけの回廊があって、上のほうの本は梯子《はしご》に登らんと取られへんやつ。どっか外国の図書館みたいなやつ」

　すると彼は、実際に壁一面に造りつけられた本棚を見渡し、回廊や、天井の梁の上や、キャットウォークを自由自在に歩き回る猫たちを見上げ、それから私を見下ろして、あきらめたようなため息をついた。幼い頃からの強い憧れにどうしようもなく突き動かされて行動してしまった経験、その結果としての幸福を、彼もまた身をもって知っていたからだろうと思う。

　壁一面の本棚以外にも、ロフトがあり、階段が二ヶ所あり、そもそも全体の構造が入り組んでいて――そういう建物に住んだことの何がいちばん良かったかというと、猫たちが家じゅうの高低差を堪能《たんのう》できることだった。とくに、まだ若いサスケと楓の兄妹は、姿が見えないなと思って捜すとたいてい吹き抜けの梁の上、踏みはずせば八メートル下の床まで真っ逆さま、というあたりでのんきに伸びをしている。

楓などその場所でしきりに鳴いては、

〈見て〜ぇ、ほら見て〜ぇ〉

と身体をくねらせて要求するけれど、危ないから下りなさいなどと叱っても絶対に下りてこない。逆に、

「すごい！　かえちゃん、すっごいねーえ！」

と褒めちぎってやると、得意顔で、すとん、すとん、と下りてくる。梁からロフトの食器棚の上へ、すとん。食器棚からバーカウンターの上に、すととん。

そうかと思えば銀次は、図体が大きいのでそこまで身軽ではないけれど、やはり高いところが好きらしく階段の途中の段をまるまる占領して寝そべっているのが常だし（邪魔）、青磁はといえば、昼間は二階のベランダの手すりの上、寝る時はタンスの上が落ち着くらしい。チビたち二匹にちょっかいを出されずに済むからだ。

事ほど左様に、猫というのは、広さ以上に高低差を、平面運動よりも上下運動

を必要とする生きものだ。

まだ若猫の頃、南房総の野山をのびのび歩き回っていたもみじは、よく大木のてっぺん近くまでものすごい勢いで駆け上っては下りられなくなり、情けない声で、うわあお、うわあお、と鳴いていたものだ。初めての時はこちらも心配でたまらず、梯子をかけて下ろしてやろうか、いっそのこと消防車を呼んだほうがいいだろうかなどと気を揉《も》んだものだけれど、何のことはない、どんなに若かろうが猫は猫である。日がとっぷり暮れる時分には自ら意を決し、ずるずる、ばりばり、少しずつお尻から下がってきて、最後に残った数メートルほどはぽーんと飛び降りてみせるのだった。運動能力の高さでは、一緒に生まれた四姉妹のうちでも群を抜いていた。

「よかったよかった、駄目だよもう、あんなとこへ上っちゃ」

心配したんだからね、と抱きあげて、夕闇にすっかり冷えた毛皮に頬ずりすると、白いひげは昂揚《こうよう》のあまりぜんぶ前を向き、見ひらいた目はビー玉みたいに真ん丸だった。てのひらの下で、小さな心臓がとくとくとくとく脈打っているのが感じられ、背中にも四肢にも無数のバネが仕掛けられているようだった。柔らかにしなる身体の中いっぱいに、生きる意思とエネルギーがみなぎっていた。

今ではもう、いくらもみじでもそんな高いところには上れない。ほんの数ヶ月前はまだ洗面台に飛び乗ることができていたけれど、このごろはベッドやソファの高さが精いっぱいだ。

椅子の座面ならまだしも、そこに腰掛けた私の膝の上となると、時々失敗してしまう。あとほんの十センチ、という程度の差が、彼女には大きな違いらしくて、あっ、と思うと後足から落ち、背中の側に転げ、そのことが自分でもショックなのかプライドが傷つくのか、しばらくはムスッと壁のほうを向いてうずくまる。そういうことにならないように、膝に乗ってこようとした時はすかさず手をのばしてお尻を支え、介助してやらなくてはならない。

うまく飛び乗ることができると、彼女は膝の上で向きを変え、落ち着きのいい角度を探した末に、香箱を作るか丸くなるかする。そうして、パソコンのキーボードを叩く私の手首から肘の間あたりに自分の顎をのせ、振動を愉《たの》しむかのようにに目を閉じる。体調と機嫌のいい時に限ってだけれど、ぐーるぐーると喉を鳴らし始めることもある。その音さえも、昔に比べるとずっと小さい。

我が家の他の四匹については生まれてこのかた外の世界を知らずに育っているから、人間の考えと都合で家の中だけで飼うことに対してもさほど罪悪感を覚えずに済んできたけれど、かつて裏山すべてを自分の縄張りにしていたもみじに対しては、私の勝手な事情で狭いところに押し込めてごめんよ、という気持ちがずっと消せなかった。

でも今となっては、彼女は広いスペースをまったく必要としていないように見える。すでに歩き回るのも億劫《おっくう》になっているから、私たちの寝室とバスルーム、あとは私の仕事部屋。もっと正確にいえば、私たちが眠るベッドの上か、テレビなどを観るソファの上か、机に向かっている間の膝の上、そのスペースさえあれば満足してくれているようだ。

ペットの愛護について誰より真剣に考えている人の、

〈終生室内飼いにして一歩も外へは出さないことが猫にとっては絶対に幸せなんです！〉

といった論調に出合うたび、だけどその幸せの基準は誰が決めたものなんだろう、と少しうつむいてしまう私だけれど、一方で、というか実際問題として、もみじがあのまま外猫であったなら今ごろはこの世にいなかったであろうこともわかっている。

私にできるのはただ、膝の上のもみじに向かって何度も、

「なあ、もみちゃん。幸せ？」

と問いかけることだけだ。

答えはもちろん、返ってこない。

猫はその一生を、人間よりもはるかに短い時間で駆け抜けてしまう。彼らにとっての一年、一ヶ月、一日は、私たちにとってのそれらとは重さがまったく違うのだ。

猫の年齢を人間の年齢に換算することについては複雑な計算式もあるようだけれど、おおまかには最初の一年間で約十八歳になり、その後は年にほぼ四歳ずつ年齢を重ねてゆくと言われている。

とすると、十七年生きているもみじは、最初の年の十八歳プラス（四歳×十六年ぶん）と考えて、合計で現在八十二歳くらいということになる。八十過ぎのおばあちゃんなら、自分の背丈より高いベッドへ跳び上がれなくても当然だろう。うっかり落ちて転がった拍子に骨でも折っては事なので、最近では、踏み台をひとつ用意した。前に古道具店の片隅でたまたま見つけ、こなれた風情《ふぜい》が気に入って買った子ども用の木の椅子、たしか千五百円だったか。これがまあ、座面の高さ二十五センチほどと、もみじの踏み台にぴったりの高さなのだ。簡単な背もたれ付きなのもまた、足腰がふらついた時の防護柵代わりになってちょうどいい。

私の枕もとにその椅子を据え、もみじを抱いて一度乗せてやっただけで、彼女はそれが自分のための踏み台だと認識したらしく、以来、上り下りする時は無理せず使うようになった。ベッドの足もとに据えた餌台（床より少し高くしてある）でカリカリを食べ、その隣のトイレで用を済ませた後、おもむろにやってきてはまず踏み台に上がり、機嫌のいい時は座面で軽く爪とぎをする。そこからベッドに上がって、背の君と私の枕の間に置かれた自分専用のそば殻枕にのっそりザクザクと乗り、香箱を作って目を閉じる。

以前は、トイレ（とくに大のほう）を済ませるたびに、

〈かっるーい！　カラダかっるーい！〉

とばかりに部屋の中をものすごい勢いで駆けまわり、盛大に音を立てて爪とぎをしたものだった。今は、少しの距離でさえめったに走ったりしないし、爪とぎの音もひそやかだ。

ほんの半年前までは造作もなく飛び乗っていたお気に入りの場所を見上げ、うろうろしたり伸びあがったりしながら、

〈あそこ乗りたいなあ、乗ってみよかなあ、乗れるんちゃうかなあ〉

さんざんためらった末に結局あきらめてふっと背中を向ける時の仕草がもう、寂しそうで見ていられない。部屋じゅうのあらゆる段差に踏み台を作ってやりたいとさえ思う。

ほんの半年前――と、こちらはつい考えてしまうけれど、もみじにとってその半年は私にとっての二年にも相当する。そう思うとますます、彼女と過ごす一日、半日、一時間の意味までが前とは違って感じられるのだった。

とくべつ美味しいカンヅメが
いま開けられようとしています。

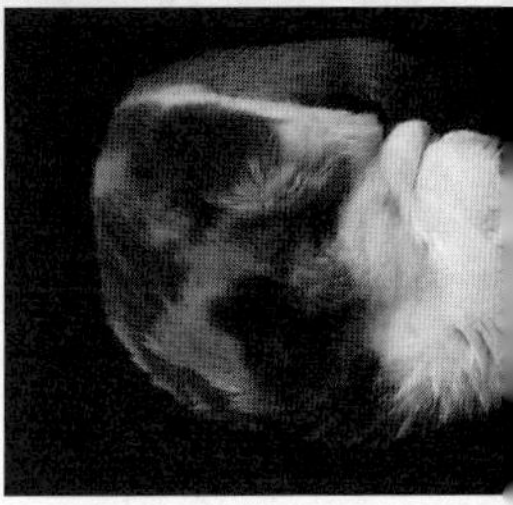

朝はまず、全員のブラッシングから。
きちんと並んで とーちゃん待ち。
開店前の 散髪屋さんか。

3

見送る覚悟

手を合わせたいような気持ちだった。よりによってこのタイミングでお話を頂けたことが奇跡のように思われた。

「ネコメンタリー　猫も、杓子《しやくし》も。」

ＮＨＫ　Ｅテレで放送されるドキュメンタリー番組のディレクターさんから、出演の打診を頂いたのは、二〇一七年の七月。折しも、もみじの口の中の腫瘤がじつは厄介な癌であり、平均余命が約三ヶ月であることが判明したそのすぐ翌月のことだ。

猫が主役のドキュメンタリー番組、題して「ネコメンタリー　猫も、杓子も。」。今どき猫番組は数あれど、この「ネコメンタリー」を特徴付けているのは、切り口が〈作家とその愛猫〉であること、そして二十五分間の番組の中で、飼い主である作家がその番組のためだけに書き下ろした文章が、それぞれ著名な俳優に朗読されることだろう。

すでに放送された第一弾には、養老孟司《ようろうたけし》さんと愛猫の〈まる〉、角田光代《かくたみつよ》さんと〈トト〉がそれぞれ出演なさっていて、今回は第二弾として吉田修一《よしだしゅういち》さんと〈金《きん》ちゃん・銀《ぎん》ちゃん〉、そして村山由佳と〈もみじ〉、という構成を考えているとのことだった。

仕事柄、デビューから二十数年の間に、テレビに出た回数は少なくない。けれど今回の依頼は、その中でもいちばんと言って間違いないほど嬉しかった。主役がもみじであるという、そのことがまたありがたくてならなかった。

動いているもみじが、映像のかたちで残るのだ。あとどれだけ一緒にいられるかはわからない、おそらくそんなに充分には長くない、でも、いつか彼女がこの世からいなくなってしまっても、何度だってくり返し観て、在りし日を懐かしむことのできる番組がひとつ確かに残る。

ディレクターの寺越陽子《てらこしようこ》さん宛《あて》に送った返事のメールの中に、私は、もみじの病状について詳しく書きしたためた。

口の中の腫瘤を切除して、今は経過を見守っている最中であること。基本的に完治は難しい癌なので、この先のことに関してはただ祈るより他ないこと。

そんな状況でもよろしければ、ぜひお受けしたく思います、と書いて送ると、間もなく寺越さんから返事があった。こまやかに配慮の行き届いたほんとうに温かいお便りで、その時点で私は、ああ、このひとに任せておけば大丈夫だと思った。

NHKといえば、作家としてデビューしたすぐ後、朝の番組「おはよう日本」の中で〈村山由佳の旅エッセイ〉というコーナーを持たせて頂いていた頃に、当時のカメラマンさんからこんなことを聞かされたのを思い出す。

「十分間の尺の番組を作るのに、民放だったらカメラをまあ三十分、長くて一時間回すかなあ、どうかなあ。NHKだと、必要な尺の、最低でも二十倍は必ず回すね」

どうやらそれは、いまだに変わっていないらしい。二十五分間の番組を作るために、ディレクターの寺越さんとカメラマンの佐藤英和《さとうひでかず》さんは、間に数日をはさんで延べ十日間、東京から軽井沢へと通い詰めて下さることになったのだった。

しかし、何しろ乱雑に散らかった家だ。どれくらい散らかっているかというと、たとえばダスキンさんにお掃除を頼む前の日に、まずは自分でせっせと掃除をしなくてはならないくらいだ。背の君と暮らすようになってから掃除機はマメにかけてもらえるようになったけれど（几帳面《きちょうめん》なばかりでなく、見た目に似合わずデリケートで、すぐクシャミが出たり身体が痒《かゆ》くなったりするらしい）、片付けに関してはやはり私でなければわからない部分が多いから、執筆仕事の合間を見つけてはちまちまと立ち働いた。

これがもし、人間を撮りに来るのなら、写りこんではまずいものの前には立たないでおくという選択ができる。あるいは動画ではなくスチール撮影ならば、あらかじめ良き背景を選んでそこだけ撮ってもらうこともできる。

しかし今回はテレビだ。おまけに被写体は猫。あまりにもフリーダムだ。

主役こそもみじでも他の四匹も紹介して頂けるとのことで、もちろんそのこと自体は嬉しいのだが、きっと彼らはこちらの思惑などどこ吹く風と動き回るに決まっている。ついでに言えば猫というのは、きれいに片付いてひろびろとした空間なんかより、段ボール箱やら何やらのガラクタがひしめく、暗くて狭苦しい場所を好む傾向にある。

目に浮かぶようだった。それぞれの猫たちに導かれた佐藤カメラマンが、私にとって都合の悪いほうへ悪いほうへと分け入ってゆくありさまが。

もう、いいや。あきらめた。住まいが段ボール箱だらけで散らかっている、のじゃなくて、段ボール箱だらけの物置か倉庫を住まいにしている、というコンセプトで捉えてもらおう。倉庫だったら、多少の埃《ほこり》が舞っていようと不思議はないしな。うん、じゃ、そういうことでお願いします。

そんなことよりもっと心配なのは、当の猫たちがカメラを向けられて逃げたり、どこかに隠れて出てこなかったりしたらどうしようということだった。お客様とカメラが大好きな銀次だけは、いついかなる場合も心配なかろうけれど、他のメンバーはどうだろう。ビビリのサスケは物陰から出てくるまでに相当の日数を要するだろうし、楓はひたすら気まぐれ。社会性のない青磁に至っては、どういう態度に出るものやら私たちにも予想がつかない。

そうしていいよいよ、撮影の初日がやってきた。


夏の暑い盛りだった。

カメラマンの佐藤さんは、五十代半ばくらいの小柄な男性で物腰穏やか、お坊さまのような頭のせいか服装のせいか、どこかしら少林拳《しょうりんけん》の達人っぽい雰囲気を漂わせていらっしゃる。聞けば西のほうのご出身だそうで、時折、こちらの言葉遣いにつられて漏れる関西弁に和む。

ディレクターの寺越さんは、くっきりとした顔立ちに目力の強いアラサー女子。

とても細やかな心遣いをして下さる一方、時々ぽろりと口からこぼれる言葉が天然でおかしい。何かとクセの強い背の君ともすぐに打ち解けて、大阪弁でどんなにいじられてもめげずにぽんぽん言い返してくれたのがありがたかった。

お二人とも朝のうちに東京を発《た》ち、新幹線で軽井沢まで来て、昼頃から夕方まで我が家で撮影をしてまた東京へ戻る、という毎日だ。もちろん、重たい撮影機材のバッグをかついだりカートを引きずったりして、である。

「いっそどこか近くに泊まったほうが経済的なんじゃないですか？　うちの軽トラだったらお貸しできますから、お宿からそれで通われたら」

提案してみたのだが、それには問題が二つあった。

避暑地の軽井沢はちょうどハイシーズンで、なかなか泊まれる宿が見つからなかったこと。そして、佐藤さんと寺越さんのどちらも、車の免許を持っていなかったことだ。

「なんで持ってないんだー、って、お互い責任のなすりつけ合いでした」

と、寺越さんはしょんぼり言った。

とはいえ、お二人の情熱は、日々の往復による時間的ロスなど補ってあまりあるものだった。

撮影された七月の時点で十七歳二ヶ月になっていたもみじは、一日のほとんどをとろとろと眠って過ごす。動画を撮影していても、静止画と変わらないくらい動きに乏しい。かと思えば、ふとした瞬間に身じろぎをして立ち上がったり、伸びをしたり、毛繕いをしたりする。気が向けばベッドやソファから下りて、水を飲んだりカリカリを食べたり、おしっこやうんちをし、また寝床に戻る。

動く時は前もって教えてね、などという理屈は、猫には通じない。佐藤さんと寺越さんは、だからそれぞれにカメラを構え、

「私たちのことはお気になさらず、どうぞいつも通りに生活なさって下さいね」

と言って、もみじをはじめとする猫たちを何時間でも黙々と撮影し続けるのだった。

それにしても、かつて私が朝の番組内のコーナーを受け持ち、毎月一回地方ロケに出かけていた頃と比べると、撮影機材が格段に高性能になり、同時に小さくなったことに驚かされる。二十年前と比べること自体がそもそも間違いかもしれないが、カメラなど体積にしておよそ五分の一くらいにまで小型化されたんじゃないだろうか。あの当時の家庭用ビデオカメラとほとんど変わらないくらいの大きさの機材で、見事にクリアな映像が撮れるようになったのには恐れ入る。

もっとびっくりしたのは、今回初めて見せてもらった超小型カメラだった。サイコロキャラメルの箱よりほんのひと回り大きいくらいのサイズで、オン・オフのスイッチがついている。黒くて四角い目玉おやじ、とでもいった佇《たたず》まい。これが充電式になっていて、満充電なら一時間ばかり稼動する。何しろ本体が小さいし、音がしないので、猫の鼻先に置いたり、よく通る道筋に設置したりしても、ほとんど警戒されることがない。

「これ、一つお預けしておきますから」

寺越ディレクターは、夕方帰りがけに言った。

「夜の間のもみじちゃんについては私たちが撮るわけにいかないので、よかったらムラヤマさんか背の君さんが撮ってみて下さいますか？　もみじちゃんも、いちばんリラックスした表情を見せてくれるでしょうし」

確かに、これまで雑誌などに載った写真を見ても、ふだん私たちといる時に見せる表情とはやはり違っているということがよくあった。たとえ室内飼いの猫であっても、猫は猫だ。他人に対する警戒心は完全にはなくならない。

その晩私たちは、てのひらに載るサイズのカメラをつまみあげてはもみじに向け、甘える表情や、寝顔や、呼べば答える声などを撮った。可愛らしい顔にはもちろんだが、これがほんとうに同じ猫かと思うような仏頂面にもきゅんきゅんした。

ただの親ばか発言であることを承知で言わせてもらうと、もみじは、これまでに私の関わってきた猫たちの中でもいちばん感情表現が豊かだ。猫には表情筋がほとんどないから、その時々の機嫌や気分が〈顔に出る〉といったことは本来考えにくいはずなのに、もみじは違う。嬉しい時は満面に嬉しさを浮かべるし、腹立たしい時はちょっと近寄りがたいくらいの怒り顔になるし、つまらなかったり意に染まぬことをさせられたりすると見事に表情が消える。人間のように眉毛や口角が上下するわけでもないのに、どうしてこんなにと不思議に思うほど、わかりやすく喜怒哀楽が顔に出る。

これこそは絶対、もみじが私たちだけに見せてくれる表情——などと勝手に悦に入りながら、様々な角度から彼女を撮りまくった。

「すっごいねえ、もみちゃん。なんたって、あんたが主役やよ」

「せやで、もみじ、主演女優なんやでえ。さ、脱いでみよか」

ちょっとおかしなテンションで、嬉々《きき》として超小型カメラを向ける私たちを、もみじは（そんなはずはないのだけれど）眉間に深々と皺《しわ》を刻み、

〈あんたらしつこいなあ、ええかげんにしいや〉

と言いたげに目を細めて睨むのだった。

けれども、すぐに思い知った。やはりプロはプロだ。とくに佐藤カメラマンは、猫を撮ることにかけてはプロ中のプロだ。

昼間の撮影、寝室で丸くなっていたもみじを抱きあげた私が、すぐ隣の仕事部屋へと〈出勤〉する場面。度胸の据わっている彼女も、さすがに知らない殿方が構えるカメラの前では警戒を露わにするのではないかと懸念していたのだけれど、そんな心配はまったく必要なかった。

天窓の真下、さんさんと陽の射す仕事部屋の仮眠ベッドに、抱いてきたもみじをそっと下ろしてやる。私がそばの椅子に座り、

「お好きにどうぞ」

と仕事机のほうを向くと、もみじはすぐさまベッドから飛び降り、椅子の足もとから見上げてくる。

「うん？　乗る？」

と訊くと、

〈うーん〉

くぐもった返事とともに、彼女がひょい、と膝に飛び乗ってくる。

落っこちないようにお尻を支えてやり、向きを変えて具合のいい位置を見つけるまで待ってから、ようやく落ち着いた彼女を抱きかかえたままパソコンに向かう。キーボードをけっこう激しく叩く私の腕、肘と手首の間のあたりに、もみじは自分の顎の重みを乗せて、カタカタ、ドカドカという振動を愉しむかのようにうつらうつら目を細める……。

それらのすべてを、佐藤さんはカメラに収めていた。

まずは机の前方、正面から。次に、左サイドから。そして、椅子の後ろを回り、机の奥に入って右サイドから。

まどろむもみじの姿や表情をあらゆる角度から押さえる間、ほとんど呼吸をしていなかったんじゃないだろうか。そう思えるくらい、気配がしない。一旦この角度から撮ると決めたら彫像のように動かなくなるので、机に向かう私までもが途中からその存在を忘れ、書いている文章のほうに没頭してしまうくらいだった。

そうそう、話はちょっと横道へそれるのだけれど——。

こうして「ネコメンタリー」撮影秘話を書きつづり、その原稿を納めたところ、連載担当のT嬢《じょう》からメールが届いた。

「念のためご確認ですが、寺越さんと佐藤さんの実名を出すことは、ご本人はとくに問題ないということでOKでしょうか？　もし確認が必要でしたら、ご連絡先をうかがえれば私のほうから確認いたしますので、ご指示下さいませ」

T嬢とはもう長い付き合いだ。『遥《はる》かなる水の音』や『放蕩記《ほうとうき》』といった小説の単行本は彼女と一緒に作った。

おおよそ二十歳くらいは年下なのだが、年齢差と力関係というのは必ずしも比例しない。このメールの文面だってすごく腰の低い感じだけれど、何しろウルトラクールな美女にして超有能、新卒入社の頃からすでにベテランの落ち着きを備え、微笑《ほほえ》みのもとにおそろしい毒舌を吐く彼女である。さすがの、というかまあある意味当然の気配りと指摘に、私はたちまちびびった。

じつのところ撮影隊のお二人は、同時期の「ネコメンタリー」に登場される作家の吉田修一さんのエッセイにもバリバリ実名で登場していたから（機内誌で読んだもん！）、名前出しはおそらく問題なかろうとは思ったものの、万一ということもありうる。ほんとに万一があったら、T嬢から静かに微笑みながら叱られる。

そんなわけで私は、急いで寺越さんにメールを送り、問い合わせてみた。

と、すぐに、ほっとするお返事が届いた。

「名前、もちろん大丈夫です。佐藤さんは、『つるつるの人』でもいいですと言っています（笑）」

……つるつるの人。

これも念のためにここではっきりさせておくけれど、最初にそう言ったのは私ではない。もみじである。私のTwitterのつぶやきはしばしば、大阪弁丸出しのもみじに乗っ取られるのだけど、その中で彼女自身が佐藤カメラマンのことを称賛し、〈頭つるつるやけど〉とよけいな感想を付け加えたばかりか、以後〈つるつるの人〉と呼ぶようになったのだ。何の他意もない、ただ見たまんまが口からこぼれただけのことだろう。

見たまんまと言えば、ロケ中のある日。背の君がふと、炎天下のベランダへ目をやり、佐藤さんが銀次を抱き上げて赤ん坊のようにあやしている光景を目にするなり、大声でタイトルをつけた。

「あ、ハゲと毛むくじゃら」

よくもまあ、怒らずに通って下さったものだと思う。

話を戻します。佐藤カメラマン、どうして撮影中にそこまで気配を消せるのかわからない、頭はつるぴかなのに、という話だった（はず）。

カメラを回している最中の静かな佇まいと、永遠に続くかと思われる根気に関しては、若い女性ディレクターの寺越さんも同じだったから、撮られる猫たちの側にしてみるとじつに楽ちんだったと思う。

おかげで銀次と青磁はふだんどおりのマイペースぶりだったし、いちばんビビリのサスケもかなり早い段階で物陰に隠れるのをやめて出てきた。気分屋の楓に至っては、初日も初日、寺越さんが私に最初のインタビューをしているところを撮っていた佐藤さんの足もとへすり寄って行き、空いている片手でずっと撫でてもらってご満悦だった。

さらには、もみじが——何日目のことだっただろう——寺越さんの膝の上でうつらうつら居眠りを始めたのにはびっくりした。

「どうしよう、あんまり光栄で動けません。泣けてきちゃいます」

と、寺越さんは言った。もみじの眠りを妨げないようにと、ひそひそ声だった。

これはうちの背の君もそうなのだけれど、身体から何かこう、猫を惹きつけるフェロモンみたいなものを醸し出している人というのは確かにいる。

ちなみにその点に関しては、私はとうてい敵《かな》わない。子どもの頃からたくさんの猫と付き合ってきたおかげで、そこそこ好かれる術《すべ》は身についたと思うけれど、そういうのとは根本的に違っているようなのだ。

背の君がふだん軽井沢の我が家で暮らすようになったのは二年ほど前で、猫たちそれぞれと過ごしてきた時間は私のほうが当然長いのに、今では、サスケも楓も彼の膝にしか乗ろうとしない。私が抱き上げて乗せたところであっという間に下りるくせに、背の君の膝になら、脚が痺れて強制的に下ろされるまでしつこくしがみついている。銀次までがそばに並んで、何かの拍子に膝が空くのを待っているほどで、ついには我慢できなくなった三匹全員がぎっちぎちに押し合いへし合いしながら乗ることとさえある。

どちらかといえば私のほうに懐いている気配があるのは、偏屈者の青磁くらいだ。亡き父のところから連れてきた最初の二ヶ月ほど、私の仕事部屋で寝起きし、執筆の間もそばにいたせいか、彼だけは何となく、背の君よりは私のほうに二割か三割増しで心を開いてくれているような気がする。

しかしその彼でさえ、ブラッシングに関してはやはり背の君でないと駄目なのだ。私が始めてもすぐに猫パンチが飛んできて、「そうじゃねっぺ、へたくそ」とでも言いたげに青い目で睨まれる。

こうなるともう、私の最後の牙城はもみじだけ。何しろ彼女とは、生まれ落ちる瞬間から数えて十七年以上の付き合いだ。それなりに変化の激しかった半生を、黙ってずっと共にしてきてくれた戦友でもある。

ああ、それなのに――。

今、夜中に彼女が〈なあー、お腹すいてんけどー〉と頭突きで起こすのは、私よりもまず、背の君のほうなのだった。

〈なあなあー、めっちゃお腹すいてんけどー。なあ、カリカリ飽きたー。なあってば、何か美味しいものー。缶詰とかどないやろー、なあなあなあ〉

たいていはすぐ起き上がって用意してくれる背の君が、たまたま熟睡していて反応しない時にだけ、彼女はきびすを返し、私の枕もとへやってきて、投げやりな態度を隠しもせずに起こしにかかる。

〈あんたでええわ。早《は》よ缶詰〉

正直、モヤッとする。私にとってこの世の何よりも愛しくて大切なもみじが、私がパートナーとして選んだ男性にこんなにも深く懐いてくれたのが嬉しいのはもちろんなのだけれど、半面、ちょっとばかり嫉妬も覚えてしまうのだ。

じつのところそこには、ある事情が関係している。

ふた月ほど前、もみじの病気がわかって以降は、日に何度も薬を与えなくてはならなくなった。背の君はへたくそなので、私の役目になる。

しかしもみじの場合、そうっとごまかして餌に混ぜても、とにかくかすかにでも匂いや味が変わると絶対に食べてくれない。ピルポケットという美味しい秘密兵器にくるんでさえ、食べてくれたのは二回きりで、そうなるともう強硬手段に出る以外にない。小さな身体をフリース毛布やバスタオルでぐるぐる巻きにし、口を開けさせて与えるのだ。

錠剤は喉の奥にほうり込んで口を閉じさせ、鼻に息を吹きかけるか喉をさするなどして、確実に飲み込むまで待つ。水薬はシリンジに入れ、これまた喉の奥に向けてぴゅっと発射するか、口の横から流し込むようにして飲ませる。粉薬は水に溶いて同じようにする。

どれも美味しくはないので、当然、嫌がる。ぶんっ、と左右に顔を振ってよけたり、後ずさりして腕をすり抜けようとしたり、しっかり巻いたはずの毛布の下から前足を出しては、はっしとばかりに私の手を押さえて阻止しようとする。

それを毎日、ごめんねー、よしよし上手に飲んだねー、えらいねー、さすがだねー、となだめすかしながら与え続けている。しばしば悪化する慢性鼻炎のせいで呼吸が苦しそうな時は、ちっちゃい鼻の穴に軟膏《なんこう》を塗りこみ、ハ、ハ、プシャン、プシャン、とクシャミをさせ、出てきた粘度の高い鼻水をティッシュにくるくる巻き取って取り除く。それもみんな、私の役目だ。

もみじがそれでも私を嫌わず、毛布やタオルのぐるぐる巻きから解放されるなりすぐにまた甘えてくれているのは涙が出るほどありがたいけれど、おそらく彼女も〈かーちゃん最近めんどくさいねん〉くらいのことは思っているに違いない。

夜中にお腹をすかせたもみじが、私ではなく背の君のほうにわがままを言いにゆくのを見てモヤッとするのはつまり、何のことはない、我が子に甘えられたパパが満更でもなさそうなのを見て、〈ちぇ、いいとこ取りなんだから〉と拗《す》ねるママの心境なのだろう。

そしてたぶん、そういうあれこれのすべてを含めて、今が幸せということなのだろう。夜中に起こされての睡眠不足も、日々の投薬の苦労も、もみじが元気に生きていてくれるからこそ続いてゆくことなのだから。

そのことを、改めて強烈に思い知らされたのは、そう、それもまたカメラが回っている前でのことだった。

じたばたするのは人間だけ

もみじの病気が発覚したのは、二〇一七年六月の初め。

口の中、左上の奥歯よりもさらに奥にできた腫瘤を切除して、組織検査に出した結果、〈扁平上皮癌〉と判明。平均余命が三ヶ月ということ、多くの医師が手術をするまでもなく匙《さじ》を投げるほど進行の速い癌だということを知らされた。

たとえばこれが内臓の機能が不可逆的に衰えてゆく病気であったなら、十七歳という年齢も年齢だし、通院や手術といった負担をかけるよりもと、静かに最期まで見守るほうを選んだかもしれない。

でも、扁平上皮癌というのは転移しにくく、かといって放射線治療もほとんど効果が認められない。身体は元気なのに、患部だけが局所的にみるみる悪くなってゆくことがほとんどなのだ。ましてや、口の中。生きようとして、そのためには食べたいのに、痛くて食べられない。そういう状態は、何より本人にとっていちばん辛い。

ならば、どうしても大きくなってしまう腫瘤はそのたび早めに切除してもらいつつ、自力で食べられる状態をできるだけ長く保ってやりたい。祈るように思って通院を決めた。

その日は、「ネコメンタリー」のカメラが、動物病院での診察の様子を撮影することになっていた。

二週間前の診察、つまり最初の切除手術から二ヶ月近くが過ぎた七月下旬の時点で、もみじの上顎の傷痕はきれいに治り、腫瘤の再発もなかった。どんなに安《あん》堵《ど》したことか。

効いているのはどうやら、院長先生自らが発見し特許を取得した外用薬のようだった。ゆくゆくは人間にも使えるようにと、今も複数の大学の医学部と共同研究を進めている新薬で、傷ついた組織の蘇生《そせい》回復を早めるばかりか、皮膚表面にできた癌などの増殖を抑え、進行をゆるやかにしてくれるという。最初に話を聞いた時には、こんな小麦粉みたいな白い粉をふりかけるだけで癌が？　ほんとに？　とつい思ってしまったのだけれど、ま、人間誰しもそういうもんである。

かのパスツールだって、最初は周囲の理解がまったく得られなくてものすごく苦労した。

むうー、と文句を言うもみじをなだめて診察台に乗せ、私が後ろから押さえる。

院長先生は、

「はーい、もみじちゃん、ちょっと見せてね」

いつもどおり彼女に口を開けさせて覗き込んだ。とたん、ん？　という顔になった。笑みが消え、みるみるうちに厳しい表情になり、奥へと声をかける。

「すみません、ちょっと保定お願いします！」

最悪の想像が脳裏をよぎる。心臓が冷え、硬く強《こわ》ばった。

「ここ、ご覧になれますか」

促され、もみじの口の中を一緒に覗く。

毎日朝晩、粉薬をシュコシュコと噴射するのに、嫌がる彼女の口を開けさせはする。でも、すべてはその一瞬にかかっているから、傷口をゆっくりこの目で観察するなんてことは不可能だ。今、かわりにもみじを押さえてもらい、院長先生に唇の部分をぐいっと持ち上げてもらって、ようやく奥歯のさらに奥の歯肉を確認する。

前回の診察ではまったく腫れもなく綺麗《きれい》だった上顎の端っこ……手術で腫瘤を切除してもらった患部のくぼみの周りの部分に、ふつふつと、もりもりと、赤くて小さな突起物が生じているのが見て取れた。最初のものに比べれば小さくて、せいぜい口内炎くらいの腫れなのに、その突起はまるで悪夢がかたちになったかのような禍々しいエネルギーを発していた。

ああ——再発だ。

よく、目の前が暗くなる、などというけれど、むしろ黄色っぽくなった。頭が痺れ、音が聞こえなくなり、目に映るもののすべてが意味をなさなくなった。現状を説明して下さる院長先生の目を見、声に頷きながらも、意味のほとんどは耳をかすめて滑り落ちてゆく。その中でたったひとつはっきりと届いたのは、〈延命治療〉という言葉だった。

後になって放送された「ネコメンタリー」のこの場面を見ると、私は、診察台のもみじを抱きかかえ、隣に座る背の君のほうを見て「どないしょう」などと言っている。情けない声だ。

どないしょう。

もう一度手術をしてもらうべきかどうか、という相談の意味で問いかけたわけではなくて、ただ、どうしよう、こんなことになってしまってどうすればいいんだ、という混乱から思わずこぼれた言葉だったように思う。

飲み薬を処方してもらう間、待合室で茫然《ぼうぜん》としていた。診察の間からずっと、カメラは静かに回り続けていたけれど、背の君も私も、取り繕うだけの余裕などなかった。

もみじはいつもどおり、窓辺の出っ張りにひょいと飛び乗って、外の緑を眺めたり、枝にとまる小鳥を目で追ったりしている。L字になったソファの背もたれのコーナー部分。可愛らしいハリネズミの置物や花かごなどが飾られたその場所が、彼女のお気に入りなのだ。

そうして生きて動いている彼女を見ると、どうしようもなく涙があふれてきた。

病気がわかった六月の初めから二ヶ月以上の間に、いろんなことに気づき、学んだつもりでいた。あたりまえと思っていた日々が決してあたりまえでないこと。愛しい者が今ここに生きている、ただそれだけで奇跡に等しいということなどを、すでにいやというほど思い知らされたつもりでいた。

全然足りなかった。ほんとうに心の底からわかっていたなら、再発を知らされたからといってここまでショックを受けるはずがない。もみじの背中の、けぶったような色合いの毛並みに夏の陽射しがちらちらと躍るのを見て、今さらのように時を止めたくなるはずがないのだ。

「まいったな」

背の君が、ぽつりと言った。

「誰もこんな、ドラマチックな展開にせえ、言うてないのにな」

まったくだ。予定では、病院へ通うもみじの姿をカメラに収め、院長先生に術後の経過を見てもらって、ああ今度も大丈夫ですね、よかったよかったほっとしました、シャンシャン、となるはずだったのに。

人間と違って猫や犬の治療は、当事者に意見を聞くことができない。だから悩ましい。

もし言葉が話せたなら彼らはおそらく、病院はいやだと答えるだろう。

注射は嫌い。

お薬なんか飲みたくない。

とーちゃんやかーちゃんと家にいて、楽しく遊ぶか寝ていたい。

どんなにこんこんと説明して聞かせたところで、彼らには、病気や怪我《けが》の「治療」という概念すらない。具合が悪ければ暗いところでひたすらじっとうずくまって治すのが、本来の彼らのやり方だからだ。じっとしていて治らないのなら、死を待つしかない。最期の瞬間まで全力で生きようとすると同時に、生と等しいものとして自らの死を受け容れる。迫りくる死を怖《おそ》れてじたばたするのは人間だけだ。

そう、心弱い私は、もみじに迫る死の影にも耐えられなかった。想像するだけで内臓が押しつぶされそうだった。

いつかは見送らなくてはならない。それはもちろんわかっている。だけど今じゃない。いつならいいのかと訊かれても困るけれど、とにかく今はまだ早すぎる……。

〈延命治療〉そのものを当のもみじが歓迎するわけはないにせよ、彼女だって、はやばやとこの世から消えたいわけではないだろう。今日と同じように明日も美味しくカリカリが食べられて、夜はとーちゃんとかーちゃんと三にん並んで川の字で眠ることができて、夜中にお腹がすいたら頭突きでどちらかを起こして缶詰を開けてもらう——そういう日々があともうしばらく続くことを、きっと彼女も望んでくれているはずだ。だって私たちは、お互いのことが大好きなんだから。相思相愛なんだから。

何度も何度も自分にそう言い聞かせて、次の手術の日取りを決め、家路につく。来る時と同じく、万一の時の逃亡防止のため洗濯ネットに入れられたもみじは、小雨の降りかかる車窓から外の景色が流れてゆくのを伸びあがるようにして眺めながら、時折、うおう、と文句を言った。

いつにも増して、背の君の運転は穏やかだった。

大好きだった父は、ある日いきなり倒れて還《かえ》らぬ人となった。まるで西行法《さいぎょうほう》師《し》みたいに春の桜の頃に、何も言わずに亡くなってしまった。

あまりにも突然だったので、もちろんショックは大きかったけれど、いくら文句を言ってもすでに亡くなってしまったからには結果を受け容れるしかないわけで、私も家族も、皆あっけにとられたまま頷くしかない感じだった。何というかこう、有無を言わせない死だった。

それに比べると、もみじの一生の終わりは今、ひたひたとゆるやかに近づいてきている。引き延ばすことは少しならできても、回避することはかなわない。かなわないのだ、という事実に対して、頷きたくなんかないのに、諄々《じゅんじゅん》と時間をかけて説得されている気がする。それはそれで辛い。

心の準備をどれだけ周到に重ねているつもりでも、愛する者をいざ見送る段になると、みっともないほど狼狽えてしまう。私にはまだ、ほんとうの覚悟など何も定まっていない。

結局のところ、もみじの腫瘤の再発がわかって待合室で茫然としている場面は、実際の放送には使われなかった。

なるほどなあ、とつくづく思った。こういうふうな抑制の利いた取捨選択こそが、「ネコメンタリー　猫も、杓子も。」というシリーズ番組を上品で上質なものにしているのだろう。

ことさらドラマチックにしない。たとえ映像そのものは事実を写したものであっても、結果的に演出に見えてしまうような構成は避け、あくまでさりげなく日常を綴《つづ》る。饒舌《じょうぜつ》に語ろうとせず、ただ日々の移ろいを誠実に写し留め、それを淡々と積み重ねてゆくことによって、かえって〈生きる〉という営みの重みと儚《はかな》さの両方が際立つ。今そこにある命が、どんなに小さくとも他とは決して置き替えることのできない唯一のものであること、その文字通りのかけがえのなさが胸に迫ってくる。

私ともみじの回より前に、すでに養老孟司さんとまる、角田光代さんとトト、そして直前には吉田修一さんと金ちゃん・銀ちゃんが放送され、どれも違った雰囲気の番組に仕上がっていたけれど、抑えた品の良さは同じだった。感動へと誘導されるわけではまったくないのに、それぞれに溺愛されている猫たちの気ままな姿を眺めているだけで、どういうわけか胸が熱くなる。寡黙さこそが何より雄弁な、不思議な番組だった。

そうしていよいよ「村山由佳ともみじ」がEテレで放送されると、NHKの番組サイトには視聴者からとてもたくさんのコメントが寄せられた。予想をはるかに超える数だった。

番組のためにもみじの一人称で書かせて頂いた、「いつか、同じ場所」という文章や、上野樹里《うえのじゅり》さんの温かなハスキーヴォイスによる、関西弁での素晴らしい朗読への感想とともに、闘病中のもみじ自身への応援や激励の言葉がたくさん綴られていて、読んでいるとありがたさに涙がこぼれた。きっとこの中の多くの人が、自分自身よりも大事な存在を見送った経験があるのだろうと思った。

さらに驚いたのは、Twitterのフォロワー数が一気に増えたことだ。たしか、いっぺんに三千人ほど増えただろうか。テレビ、おそるべし。

それ以降、もみじが関西弁の一人称〈うち〉で何ごとかぶつぶつとつぶやくたびに、けっこうな数の「いいね」が付くようになった。私が自分の生活や執筆のことなどをつぶやく時の、三倍、五倍を軽く超える数だ。婆《ばあ》さん猫、おそるべし。

上顎の奥にできた腫瘤のせいで、平均余命三ヶ月と知らされたもみじ。番組の最後のほう、樹里さんの声をお借りして、

〈なぁんも怖いことはないねんで。みぃんないつかはおんなじとこへ行くねんし〉

などと、達観したことをつぶやいていたもみじ。

年が改まり、二〇一八年の三月を迎えた今、彼女はどっこい、生きている。足腰こそ弱ってきたが、けっこう元気だ。

缶詰を食べる間はお皿を捧《ささ》げ持って食べさせて差しあげなくてはならないけれど、歳のわりには食いしん坊だし、腎臓検査の値など去年よりずっと良くなってきた。たいていの日はご機嫌さんで過ごしている。

月に二度のペースから、今では週に二度三度になった病院通いは相変わらず好きでないものの、行きの車の中で文句を言い続けることはもうなくなった。洗濯ネットなんかに入れなくても、膝に乗せ、抱っこして連れて行けるようにもなっ

た。

最初の手術が前年の六月。越せないかと心配された夏を越し、名前の由来となった紅葉の季節を過ぎて冬を迎え、いよいよ駄目かと思われるほど衰弱したクリスマスから奇跡的に持ち直して年を越した。もう一度だけでも一緒にと願った雪景色を窓辺に並んで眺め、節分の豆をぽりぽりと食べ、桃の節句も無事に過ぎて、なんと、桜の季節を迎えようとしている。

今年もみんなで花見ができたら、もうすぐそこは彼女の誕生日だ。風薫る五月の終わりに、このまま元気で十八回目の誕生日を迎えられたなら――。

もみじは、ぴっちぴちのセブンティーンから、ぴっちぴちのエイティーンになる。

それがほんとうになるのを、いったいどれほど強く祈り続けていたことか。

神さま、あともう少し。お願いですからもう少しだけ、彼女との時間を下さい。引き換えにどんなことだってしてします、どんな犠牲だって払いますから、お願いです、どうかどうか、お願いします……。

祈りが天に届かなかったとは、今でも思っていない。

もみじはきっと、自分で決めたのだ。

この先も、永遠のセブンティーンでいることを。

お出かけ、じつはわりと好きだったかも。
行き先が 気にくわなかっただけで。

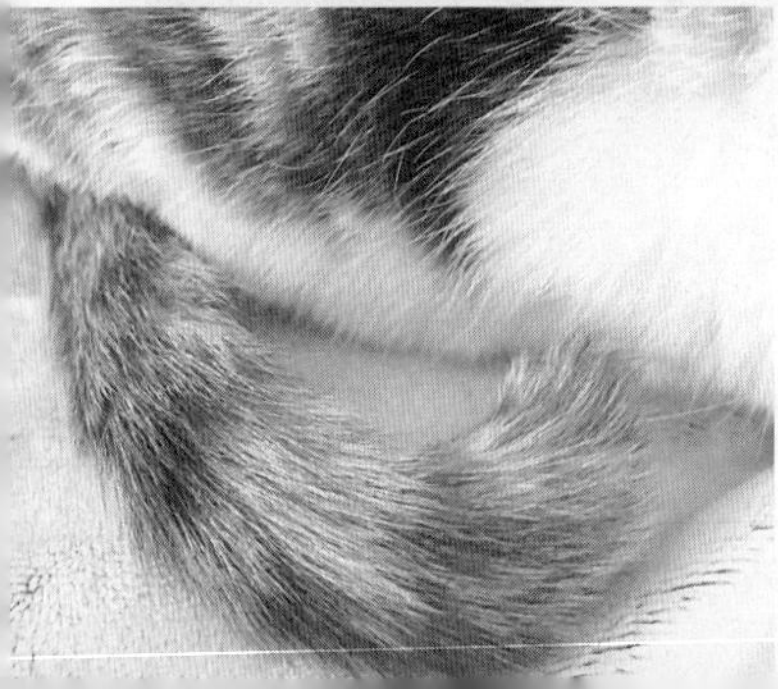

待合室でも我がもの顔。
もみじにじろりとガンとばされて、
視線をはずしたワンコ、いっぱいいたな…。

4

いつか、同じ場所へ

最後の手術

この世からもみじが立ち去ってしまってからもうだいぶ経《た》つというのに、彼女のいない世界に少しも慣れない。

ベッドに入って明かりを消す寸前、早くここにおいで、と思う。寝返りを打つ時は背中で潰したりしないように気を遣うし、空気の動く気配がすると、彼女かと思って目を開く。

朝になって起き上がれば、部屋ががらんと広い。小さな身体のどこにあれだけの存在感があったものか、ベッドの上に、彼女ではなく、彼女の不在が乗っている。

外出先から戻った時もそうだ。寝室のドアを開けても、もみじは出迎えてくれない。どんなに帰りが遅くなろうと、あのドスのきいた声でなじられることはもう二度とないのだ。

子どもの頃から、いくつものいのちを見送ってきた。愛されることにはひどく臆病なくせに、愛することについてはなぜか臆病にならなかった私は、縁さえあれば性懲りもなく次のいのちを迎え入れ、やがてまた別れが来るたびに身も世もなく泣いた。そのくり返しだった。

そのぶん、もしかするとどこかで高をくくっていたのかもしれない。別れがどれほど辛くても、痛みはいずれ時間が癒やしてくれる。忘れるなんて絶対にできないと思っていても、人は必ず忘れてゆく生きものだ。だから、大丈夫。いつかもみじを喪う日が来ても、それを想像すると今から胸が潰れそうでも、きっと大丈夫、時間が経てば受け容れられる。今までだってそうやって、愛しいものたちの死を乗り越えてきたんだから――。

実際、あの温かで柔らかな相棒を亡くしてしまった今も、私は、日々の暮らしを普通に営んでいる。十七年と十ヶ月の間、この世の誰よりもぴったりと寄り添って生きてきた彼女が、もう隣にいない。二度と抱けない。それだけのことだ。

ごはんは美味しいし、夜はよく眠れる。冗談を言って笑ったりもするし、仕事だって頑張っている。パーソナリティを務めるラジオ番組の中で、もみじについて話す時はさすがに声の震えをこらえるのに苦労したけれど、それだって何とか泣かずにやりおおせたし、ことあるごとに背の君と二人、彼女の遺してくれた思い出を微笑みながら語り合ったりもできる。

「ほんま、よう持ちこたえてる思うで」

背の君は言った。

「俺な、正直、その時が来たらお前はもっと取り乱してアカンようになるんちゃうかな、思て心配しとった」

私も、心配していた。我がことながらずっとそれが気がかりだった。そういう意味では、とりあえず〈大丈夫〉のようだ。

それでもやはり、どうしようもないことがひとつ、ある。

さびしいのだ。

もみじが、そばにいない。

もみじに、さわれない。

それが、とてつもなくさびしい。今この瞬間も、気がへんになるくらいさびしい。

眠りにつく時も、目を覚ました時も、机に向かっている最中も、もみじの体温と、あの優しい重みを感じられないのが、たまらなくさびしい。辛いより、悲しいより、ただもうさびしくて、さびしくて、さびしくて――うっかり気をゆるめると叫び出してしまいそうなのをこらえるために、あの日以来ずっと全身に力が入ったままだ。

これまで見送ってきた他のいのちと同じように、私は今回も、愛する猫を正しく送り出すための覚悟を決めようとしてきた。

まるきり見当違いだった。

私にとって、もみじは、もはや〈猫〉ではなかったのだから。

ウェブに連載しているこのエッセイの原稿を、私はそれまで、月半ばと月末にそれぞれ四回分ずつまとめて書いては担当T嬢に渡していた。週に二回の更新だから、その八回でほぼひと月分になる。

三月半ばの〆切日にも、例によって四回分を書いた。ちょうど「ネコメンタリー」の撮影に関する話題が一段落ということで、最後の部分はこんなふうに締めくくった。

今年もみんなで花見ができたら、もうすぐそこは彼女の誕生日だ。風薫る五月の終わりに、このまま元気で十八回目の誕生日を迎えられたなら――。

もみじは、ぴっちぴちのセブンティーンから、ぴっちぴちのエイティーンになる。


その原稿を送ったのが、三月十六日。校閲さんによるチェックの入ったゲラが私の手もとに戻ってきたのが、二十日。その日はちょうど、もみじの十二回目の手術の日でもあった。

口の中にできた腫瘤はこれまで、院長先生が何度鮮やかに切除して下さっても、ひと月を待たずしてむくむくと大きくなった。いつも同じ場所だった。局所に再発する、扁平上皮癌の特徴だ。

それが今回は、今までにないほど上顎の広範囲にひろがって腫れていて、しかも顎の下のリンパ節にまで小豆のようなしこりができていた。

初めての転移か。それとも、癌とは関係のない腫れか。

まずは麻酔をかけた上で針生検《はりせいけん》という細胞の検査を行い、悪性のものとわかった場合は一度まずご連絡します、と院長先生に言われ、もみじを預けて家に帰った。

「もみちゃん、頑張ってな、あとで迎えに来るからな」

と手をふる時、へんに胸が騒いだ。

結局、リンパ節のしこりは切除することとなった。検査の結果、やはり悪性だったのだ。

今回はちょっとたいへんかもしれない。術後のダメージも大きいだろうし、いつものように手術の翌日からすぐに缶詰をばくばく食べるなんてわけにはいかないだろう。

でも、もみじの生命力をもってすればきっと大丈夫。今回もりっぱに持ちこたえて、また奇跡の復活を遂げてくれるに違いない。最初の切除から数えて、八ヶ月間に十一回にもおよぶ手術をそのつど乗り越えてくれたのだ。十七歳でこれほどの底力を見せてくれる猫なんて、そうはいない。

大丈夫。

絶対、大丈夫。

そう唱えることで、胸の裡に湧き上がる不安を紛らせながら仕事をした。集中して何か書いている間だけは、怖いことを考えずに済む。

手術の経過を気遣ってくれるT嬢へ、すでに無事に終わって麻酔からも覚めたと連絡があったことを伝え、直しの済んだゲラをファックスで送り返したのが夕方四時。そのあと、もみじを病院へ迎えに行った。

待合室まで、例のドスのきいた声が聞こえてきた。診察室に通され、見ると顎の下の毛は衛生のために剃《そ》られ、傷口の縫い痕は痛々しかったけれど、私たちを見てしきりに文句を言う元気はいつもどおりだった。どんなにほっとしたかしれない。

「もみじちゃん、今回もほんとうに頑張ってくれましたよ」

院長先生が言い、私たちを座らせて状況を詳しく説明して下さった。例の小豆粒大のしこりには、複数の血管が栄養を送っていた。それを、しこりを切除した後で、一本一本の血管同士を縫合してつないだそうだ。気の遠くなるような話だった。

「ただ、先ほどの手術前に行った血液検査の値を見ますと、以前と比べても、腎臓の働きがすごく弱ってることが見て取れるんですね……」

院長先生は、深刻な面持ちで言った。

「じっとしていても吐き気がして、何か食べるどころか水を飲むことさえ無理、となってもおかしくないんですけど、もみじちゃん、ふつうに食べられてたんですよね？」

「ええ、毎日しっかりと」

私は答えた。

「ゆうべなんか、部屋を走り回ってました。夜の間も何度となくカリカリを食べて」

すると院長先生は、ゆっくりと首を横に振った。

「あり得ないです、ほんとうに。これだけ見ると、すでに尿毒症までいってしまっている数値なのに」

もみじがきっちりと腎臓の薬を飲んでくれていたぶん、じつのところ私も背の君も、今回の血液検査の結果を楽しみにしていた。それだけに、ショックは大きかった。今までは、彼女が嫌がるからと薬をサボれば検査の結果も悪くなったし、シリンジで無理やりにでもきちんと飲ませた時には数値がぐんと良くなった。努力と結果がちゃんとつながっていたのだ。

それが今回は、薬を効果の高いものに替えて、しかも一日一回だったのを朝晩二回飲むようになったのに、この数値。――つまり、もみじの腎臓は、薬の投与ではもう追いつかないくらい悪くなっているということなのか。

「今日一緒に手術をした先生とも、これでふつうに食べられるなんてあり得ないよね、ミラクルだよねって。それも、もみじちゃんの年齢でですよ」

そんなやり取りを、当のもみじは、診察台の上でじっと聞いていた。これまでと違って口の中以外にもメスを入れる手術となってしまったぶん、さすがにぐったりとした様子ではあったけれど、麻酔から覚めた後も酸素室でゆっくり休ませてもらったおかげで目にはだいぶ力が戻っていた。

「すべては、もみじちゃんの持っている力です」

院長先生は言った。

「ほんとうにすごい子ですよ。だって、今回で十二回目でしょう？　人間だったらまず、気持ちのほうが先に負けてしまいます」

確かにそうだ。二十日から三十日ほどの周期で、上顎の一部を抉《えぐ》り取る手術。寄せるだけの余分な肉がないから縫い合わせることも不可能なのに、それでもへこたれずに復活してくれて、翌日からはさほど痛そうな様子も見せずに食欲を発揮してくれて……。

「きっと、村山さんと背の君さんのために絶対生きなくちゃ、っていう覚悟がそうさせているんだと思います。もうねえ、なんだか、こちらが拝みたいような気持ち」

そう言って、院長先生はもみじの背中をそっと撫でた。

「今夜、口の中の傷から出血させないことが肝心です。何かありましたら、時間なんて気にせず、真夜中でもかまいませんから必ずご連絡下さい」

私たちは二人して深々と頭を下げた。拝みたいのはこちらのほうだ。

「でもね、ごめんなさい」

と、院長先生が申し訳なさそうに言う。

「顎の下の傷とか、毛の剃り跡とかがちょっと痛々しくて……。もみじちゃんのフォロワーさんたちが見たら、私、叱られちゃうんじゃないかしら」

「そこかい！」

と背の君がツッコミを入れ、私が、

「いえあの、もみじのじゃなくて、一応私のフォロワーさんたちなんですけど」

と言って、みんなで笑った。

この世で何が嫌いといって人から笑われることこそがいちばん嫌いなもみじが、ぬー、と診察台の上で不平を言う。

「ちゃうちゃう、今のんはお前のことを笑《わろ》たんとちゃうで」

「そやよ、もみちゃんはほんまによう頑張ったもんね」

Twitterにはこれまでも毎日のように、もみじが上手に薬を飲んだとか、ごはんをどれだけ食べたとか、寒いからお気に入りの湯たんぽをかかえているだとか、今日は何回目の手術だとか、終わって無事に帰ってきたとか、うんちが幾つ出たとか、腕枕を強要されてますとか、そんなふうな小さなつぶやきを載せていた。時にはもみじ自身がつぶやくこともあった。日々の写真とともにそれらを載せることで、私自身、心のバランスを保っていた気がする。もみじは大丈夫、まだまだ大丈夫、ほら、こんなに大丈夫……と。

たくさんの人たちが、彼女のために心からの応援の言葉を寄せて下さる。「ネコメンタリー」の放送後はその数がなおさら増えたから、院長先生の「もみじちゃんのフォロワーさん」という呼び名もあながち間違いではないかもしれない。

「さ、おうち帰ろ」

そうっと抱き上げる。うぬー、とまた文句を言う声にほっとしながら、私たちは院長先生に御礼《おれい》を言い、車に乗り込んだ。

「もみちゃん、もみちゃん、えらかったねえ」

「ほんまによう頑張った。えらいぞ、もみじ」

二人きりになると、私も背の君も半泣きだった。傷に障《さわ》らないように気をつけながら彼女を撫でさする。消毒薬だろうか、身体じゅうから病院特有のにおいがするのがせつない。

「さ、帰ろうね。一緒におうちに帰ろうね」

「うぬー」

それが、三月二十日の暮れ方のこと。

再び院長先生に連絡したのは、夜も十一時を過ぎた頃だった。

もみじは知っていた

後になってふり返ってみれば、思い当たることもあったのだ。

結果的に最後となってしまったあの手術の前夜、もみじは、ちょっと信じられないくらいに元気だった。

私たちが風呂上がりに歯を磨いていると、ずっと足もとに佇んでいた彼女がいきなり何を思ったか、バスルームから寝室の入口までの十メートルほどの直線をたたたたたっと小走りに駆けていった。その後ろ姿を見て、背の君は、

「おーい、もみじー。何がそないに嬉しねんな」

と笑った。

ご機嫌の彼女が、部屋の向こうの端から、うっきゃーん、うっきょーん、と大声で私たちを呼ぶ。〈あんたらも早《は》よこっちおいでーさー〉という催促だ。弱った足腰をものともせずに走れるなんて、きっと腎臓の数値がまた前より良くなってきているに違いない。

「まじめにちゃあんとお薬飲んでるもんなあ。えらいなあ、えらいえらい」

そばへ行って背中を撫でさすると、もみじは尻尾をぴんと立て、まんざらでもなさそうな顔をして、ふぬー、と鳴いた。

彼女の好きなペースト状の缶詰。以前ならほんのわずかでも薬を混ぜると見向きもしてくれなかったのに、数日前からなぜか嫌がらずに食べるようになっていた。腎臓の薬を二種類と、抗生物質、さらにはお腹のための乳酸菌や納豆菌などを全部混ぜたものであっても、ちゃんと残さず食べてくれる。さすがにお皿に盛っただけでは気が乗らない様子だけれど、私がスプーンでちょっとずつすくって

は鼻の前に差しだすと、ぺちょぺちょと舐め取り、ゆっくりゆっくり咀嚼して完食してくれるのだ。時間はかかっても、水に溶いた薬をシリンジで無理やり口に注ぎ込んで飲ませるよりはるかにストレスが少ないはずだし、彼女が食べている姿を見るのはそれだけで幸せだった。

食べれば腸が動いて、うんちも出る。その晩も、けっこう大きいのが三つ四つ出た。飾っておきたいくらい、いいうんちだった。

そのあとは機嫌よく爪とぎをして、私たちがソファに並んでテレビを観ていると間にぐいぐい割り込んできて甘えた。ソファに飛び乗る時も、ちょっとよろけただけだった。

明日は朝が早い。手術の前に血液検査もあるから、九時には病院へ送り届けなくてはいけない。

さあ寝ようと天井灯を消し、布団をかぶる。

と、もみじが身じろぎする気配がした。半年ほど前からレンタルしている透明な酸素室に自分から入り、さっさと湯たんぽをかかえて寝ていたくせに、ごそごそ出てきてベッド脇の踏み台に上がり、私をじっと見つめる。

答えはわかっていたけれど、わざと訊いてやった。

「どしたん、もみちゃん。入りたいん？」

うぬー、という鼻声の返事に笑って布団を持ち上げてやると、彼女は、よっこいしょ、とベッドに上がり、首もとから潜り込み、向きを変えると、私の腕を枕にして横になった。去年の秋口から冬の間じゅう、もっと奥のほうへ潜っていって脚の間で丸くなるのがお気に入りだったので、そうして目と目を見つめあって眠るのはずいぶん久しぶりのことだった。

夜中にも何度か布団を抜け出し、ベッドから下りては、カリカリを食べるか水を飲んで戻ってくる。そのつど、またしても踏み台から私をじっと見る。気配に目を開けると、彼女の黒々とした瞳に見つめられていたことに気づき、私は幸福のあまり胸が窮屈になって、小声で呼びかけた。

「お帰り、もみちゃん。入りたいん？」

うぬー、と鳴き、ひんやりとした身体で布団に潜っては腕枕に小さな頭をのせる。そのくり返し……。

今ふり返ってみても、あの夜の彼女の、真っ黒で真ん丸な瞳ばかりが思いだされる。

もしかして、当のもみじにだけは、前もって全部わかっていたんじゃないか。

だからこそ、あえて元気にふるまってくれたんじゃないか。そんなふうに思えてならない。

血液検査の結果を見る限り、本来ならその時点ですでに、彼女の身体の中にはあんなふうに走り回ったり食べたりする元気など残されていようはずがなかったからだ。

十二回目の手術が終わったその晩、私は自分の仕事場ではなく、寝室のベッドの足もとに据えたもみじの酸素室のそばで仕事をしていた。

病院から連れて帰っても、彼女は足腰が立たなかった。そういう自分に苛立つのか、あおう、うおう、と怒ったように鳴いてばかりで、私がすぐそばの床に長座布団を敷いて座り、声をかけたり撫でたりしているといくらか落ち着くようなのだけれど、少しでも離れるとまた自由のきかない身体で這いずり回りながらわめくのだ。

当然、自力でトイレへ行くこともかなわない。一度、そうっと抱きあげてトイレの砂の上におろしてやったのだが、空気の抜けた風船みたいに腹ばいにへたり込むだけで、おしっこが出る気配はまったくなかった。

「もみちゃん、寝床にシート敷いたぁるからね。おしっこ我慢せんと、したい時に寝たまんましてええねんよ」

「せやで。後はちゃんとまたきれいにしたるからな。気にせんと出しや」

背の君と二人して言い聞かせるのだが、何時間たっても出ない。

おかしい。手術の間はもちろん、その前後もずっと点滴をしていたはずなのに……いつもの診察で二百ミリリットルの皮下点滴を受けた帰りには、車の中で私の膝におもらしすることもあるくらいなのに、どうして出ないのだろう。口もとに水の器を近づけても飲まないし、指に水をつけて鼻を湿らせてやっても舐めようとしない。

心配し過ぎだろうか。身体が水分を貯《たくわ》えようとしているだけならいいのだけれど。

そう思いながらも、一分ごとに脳裏をよぎるのは、ずっと昔、私が二十歳の時に猫白血病で逝ってしまったあの〈姫〉のことだった。

ある朝、ひどく元気がなかった姫。大学の授業を休んで病院へ連れて行くと言ったら、母に叱り飛ばされた。

「アホなこと言いないな！　親に高い学費払わせといて、猫が元気ないくらいでガッコ休むんかあんたは！　犬猫はなあ、具合悪かったら自分でじっとして治すんやから、ほっとき」

逆らえなかった。いや、逆らう勇気が、当時の私にはなかった。

そうして翌朝ようやく病院へ連れて行くと、ひと目見た獣医さんは厳しい顔になり、「せめてあともう一日早ければ」と言った。集中治療室に入れられた姫をずっと見ているわけにもいかず、夕方また来ますからと預けて帰り、午後、ほんの一瞬、疲れてふーっとうたた寝をしたところへ電話がかかってきた。いま逝った、との報せだった。

大切な子の死に目に会えなかった。たった独りで寂しく旅立たせてしまった。絶対に必要だったはずの決断を、私がためらったせいで――。

あの時の後悔が、まざまざと蘇《よみがえ》る。

私たち人間よりもはるかに小さな身体の中ではきっと、重大な変化があっという間に起こるのだ。素人にはわからなくても、ほんのわずかな時間を境に、助かる命とそうでない命が分かたれてしまう。

ぐったりと横たわるもみじの毛並みが、いつもより冷たい気がしてならない。夜中であってもかまわないとの院長先生の言葉を支えに、思いきって携帯に電話をかけた。

「こんな遅くにすみません、先生。もみじのおしっこが出ないんです。連れて帰ってきてから、まだ一滴も」

それを聞くなり、院長先生は言った。

「今から病院へお連れになることはできますか。もみじちゃん、おそらく腎臓の働きがさらに弱って、おしっこを作ることができていない状態だと思います」

このままでは身体に毒素が溜《た》まって辛いばかりだ。口の中や顎の下の傷口も痛々しいが、それより何より、彼女がいま苦しい状態にあるのを思うと耐えられない。

すぐに伺います、と私は言った。そばで聞いていた背の君がさっと立ち上がり、もみじの通院に使っているエコバッグを用意する。

「気をつけていらして下さい。私もこれから向かって、準備してお待ちしていますから」

院長先生の声が、泣きたくなるくらい力強く聞こえた。

病院で明かす一夜

町の条例で、こんなに遅く営業している店はない。コンビニでさえ朝六時に開き、夜十一時に閉まる。少し、霧が出ているようだ。浅間山《あさまやま》の裾野、林に囲まれた真っ暗な道を走ってゆく。

と、ゆるやかな下り坂のその先に、動物病院の明かりがふんわり灯《とも》っているのが見えた。院長先生がもう来て下さっているのだ。

「もみちゃん、頼むわ、なあ。もうちょっと頑張って」

前にかがみこみ、ぐったりしているもみじの頭に鼻先を埋める。

駐車場に車を入れた背の君が、助手席の私の膝からもみじの入ったエコバッグを一旦持ち上げ、降り立つのを待って再び渡してくれた。

少し前まで、エコバッグに入れた彼女を運ぶのは背の君の役割だった。互いに分担が決まっていた。

通院のたび、まずは私が、家の酸素室やベッドからもみじを抱き上げる。エコバッグにはあらかじめ、ひときわもこもこの上着（ユニクロのフラッフィーフリース）がセットしてあって、そこにもみじを下ろしてくるむとチャックを閉め、袖と袖を背中で結ぶ。そのエコバッグを、背の君がぶらさげて外の車まで運ぶ。助手席に乗り込んだ私の膝にバッグに入ったもみじをひょいと乗せた彼は、十五分くらいかけて病院に着くと再びバッグを提げて運び、受付で私が財布から診察券を取り出している間に待合室のソファに腰を下ろし、隣にもみじのバッグを置き、時間が来て呼ばれたら、また診察室へと運ぶ……。

昨年の六月から続けてきた七十回以上もの通院の間に、いつのまにかそういう役割分担ができあがっていた。

けれどここ最近、つまり彼が二週間にわたって大阪へ帰省していたその少し前あたりから、もみじを抱いて運ぶのは私になった。彼女の好きな缶詰を開けてやるのもそうだ。これまでなら真夜中でも率先して起き上がっていた背の君が、黙って自分は寝ているふりをするものだから、もみじの望みを叶《かな》えるのは自然と私の役目になった。

おかげで、と言っていいと思う。

背の君不在の半月ほどの間、そして手術の三日前に彼が戻ってきてから後も、私ともみじの間に流れる時間、その一分一秒は、これまでの十七年と約十ヶ月をふり返っても、最も濃く、親密なものとなっていた。

彼が大阪の実家から持ち帰ってくれた乳幼児用の銀色のスプーン――五十年とちょっと前にはまず私が使い、五年後にはいとこの彼が引き継いで使ったという曰《いわ》く付きのそのスプーンで、少しずつすくっては差しだすお薬入りのフードを、もみじがぺちょぺちょと食べるのを見守っていると、なんと言えばいいのだろう、私たち三にんの間を、しっかりとした太い糸がつないでゆくような、それとも、三にん揃ってとてつもなく大きな流れの中に抱き取られてゆくような、そんな気がしてならなかった。

まだだよ、もみちゃん。あのスプーン、まだ、たったの三日しか使ってないよ。あんたが食べてくれるのが嬉しくて、かーちゃん先週も缶詰いっぱい買ったんだから。ここを乗り切ったら、またきっと食べられるようになるから。

背の君が引き開けてくれるドアから入ると、すぐに院長先生が診察室から出てみえて、こちらへどうぞ、と言ってくれた。

エコバッグごと、もみじを診察台に乗せる。手術中に前足の血管に入れた針を、明日の診察時のためにと留置してあったので、すぐに点滴に移ることができた。

案の定、体温がひどく低い。健康な猫なら三十八度くらいあっていいのに、たったの三十四度。撫でていて冷たかったのは気のせいではなかった。湯たんぽや使い捨てカイロを総動員して、小さな身体を温める。

刻一刻と変わる容態に合わせ、院長先生が点滴バッグに薬を加えたり、注射をしたりして下さる。

と、夜中の零時半ごろ、もみじがふいに生唾を飲み込むような仕草をし始めた。吐く時の前触れだ。急いで箱からティッシュを取り、口の前に差し出す。えっく、えっく、と苦しそうに嘔吐《えず》いた彼女は、空っぽの胃から、こえっ、と空気を吐き戻した。わずかな唾液が糸を引いて垂れる。

「よしよし、かわいそうにな」

何度か頭を撫でた私は、ぎくりとした。

「……あら?」

もみじが、動かない。息は、いま吐いたきりだ。そのまま吸いこむ様子がない。

院長先生も真顔で腰を浮かす。

「もみじちゃん?」

みるみるうちに瞳孔が開き、みひらいた眼球がビー玉みたいに透き通ってゆく。

「もみじ!」背の君が覆い被さるように覗き込み、大声で名を呼ぶ。「もみじ?

おい、もみじ！」

私も呼びたいのに、すくんでしまって声が出ない。

「こっちへ！」椅子を蹴るようにして、院長先生が奥へと走る。「すみません、もみじちゃんを運んで下さい」

「点滴は！」

「点滴ごと！」

もみじの前足の針を危うく抜きかけていた彼が、慌てて点滴の機械までもひっつかんで後に続く。

その後ろにいた私は、その時、いま思うとわけのわからないことをした。手に握ったままだったくしゃくしゃのティッシュで、診察台にこぼれたほんのわずかな嘔吐《おうと》の跡をきれいに拭ったのだ。

自分の手の動きがコマ送りのように目に映る。頭が痺れている。

ここ拭いとかなきゃ。

いや今それどころじゃないだろ、もみじが危ないのに。

もみじが、危ない……？

うそだ、もみちゃん、もみちゃん、やだ、逝っちゃうの？

ガタガタン、と奥の処置室で音がする。我に返り、急いで追いかける。たったの十歩ほどが、雲を踏むようで前へ進まない。ようやく処置室に飛び込むと、すでにもみじは手術台の上で酸素マスクをあてがわれていた。院長先生が点滴の落ちる速度をぐんと速める。電極でつないだ心電図がモニターに映し出される。

「もみちゃん！」

「おい、もみじ、しっかりせえ！」

片手で酸素マスクを押さえ、もう一方の手をもみじの身体にあてながら、今にも緊張でぶっ倒れそうなのをこらえて先生の手もとを凝視していると、一分ほどたったろうか——。

ふう……っ、と呼吸が戻ってきた。

ふう……っ、ふう……っ、腹部が上下して、酸素マスクの内側がかすかに曇る。

「ああ、よかった！」

院長先生が、安堵でいっぱいの声で言った。

「ちょうど点滴の最中で何よりでした。この薬液は、落ちる速度を速めたら強心剤にもなるんです。もみじちゃんてば、さすがの強運」

言いながら、エコバッグから少し冷めかけていた湯たんぽを抜き、すぐに奥の電子レンジで温めてきて、再びタオルでくるんで入れて下さった。

「……もみちゃんよう」

目を閉じた彼女の耳もとに口をつけ、私はそっと呼びかけた。

「やめてよ。びっくりしたよ、もう。心臓止まるか思たよ」

〈うちもやで〉

とでも言うように、まっすぐな尻尾が動いて、ひたん、と手術台の表面を打った。


その日は、病院で夜を明かした。

もみじの横たわる手術台を間に挟み、こちら側に私と背の君、向こう側に院長先生。

寝たきりの彼女が、ようやくシートにおしっこをしてくれた時はどれほどほっとしたか知れない。おしっこが出たということは、とりあえず腎臓が仕事をしてくれたということだ。注射と点滴が効いたのだ。そうやって少しずつでも体力が回復していけば、手術の傷の治りだってよくなる。傷が治れば、また自力でごはんも食べられる。

頑張って、もみちゃん。今は辛いだろうけど、なんとかもう少しだけ。まだ、離れるのはいやだよ。お願いだよ。

一時間ごとにお尻から体温計をそっと挿入しては、少しずつ体温が上がってゆくのを確認する。いつもならぶうぶう抗議するはずのもみじが、ただ尻尾を動かして不本意そうにするのがやるせない。

見守る中、院長先生は立ちあがり、私たちのためにコーヒーとカフェオレを淹《い》れて下さった。熱いマグカップを両手で包み、湯気の立つ甘いカフェオレをすすった時、自分の身体がそれまでどれだけ硬くこわばっていたかを知った。

そうして、先生と、今までにしなかったような話をたくさんした。ふだんは診察室だし、次の人も番を待っているから、個人的な話なんてほとんどできなかったのだけれど、この夜は違った。もみじを真ん中に、みんなでひとつのチームというような連帯感が生まれていた気がする。

朝方になり、ようやく体温が安心できるところまで上昇し、心拍も安定したのを確認すると、先生は言った。

「連れて帰って頂いても大丈夫だとは思いますが、どうされます？　おうちのほうが、もみじちゃんもゆっくり休めるようでしたらそうして頂いて、あるいは、もうしばらくお預かりして点滴を続けることもできますし……」

私は背の君と顔を見合わせた。

この日は水曜日。どんなに遅くとも、お昼までには週刊誌の連載小説の原稿を書きあげて送らなければならない。昨夜のもみじの状態を思うと、またしても酸素室のそばに付きっきりということになるだろう。どうしよう。離れるのは心配だし、連れて帰ってやりたいのはやまやまだけれど、原稿を落とすわけにはいかない。

「午後まで預かってもらえますか」

迷っている私の代わりに言ってくれたのは背の君だった。そうして再び私の顔を見た。

「集中して、昼までに仕上げてまい。それから迎えに来たろや」

「でしたら、せっかくですから夕方まで点滴しましょう。当直の先生がいますから、四時くらいに迎えに来て頂ければ」

当直。そうだった。水曜は休診日だったのだ。

改めて何度も御礼を言い、まだ横たわったままのもみじの耳もとに、しっかりするんだよ、すぐまた迎えに来るからね、と言うと、彼女はまた、尻尾をはたりと動かして応えた。

すっかり明るくなった駐車場に出る。しょぼしょぼと萎《しぼ》む目で見上げると、浅間山がどっしりとした姿で空を支えていた。

「ようまあ留《とど》まってくれたなあ、もみじのやつ」

運転席の背の君がつぶやく。こちら側に、という意味だろう。

「ゆうべのあの時は、もうアカンか思た」

「私も」

そう――私も、覚悟した。

いや、覚悟とはとうてい言えない。もみじに迫る死の影と向き合うのがあまりに怖くて、私は自分の心を逃がそうとしたのだ。

もみじ、もみじ、と呼んだ彼の大声を思いだす。戻ってこい、どこへも行かせはしないという気魄《きはく》のこもった声だった。ああいう時、とっさに声の出ない私の代わりに、彼が呼び戻してくれたような気がする。もみじを、この世に。私たちのもとに。

そうして帰宅すると、目をつり上げてパソコンに向かった。

ああ、またか、と思った。昨年の桜の季節にも私は、突然倒れて亡くなった父の柩《ひつぎ》のそばでノートパソコンを広げ、週刊誌連載の原稿に向かっていたのだった。

優しい人びと

ようやく原稿用紙十五枚ぶんを書きあげて編集部へ送った頃、携帯に、院長先生からのショートメッセージが届いた。先生も徹夜明け、今はご自宅のはずだ。

〈お疲れさまです。体温は三十六度七分まで上がり、排尿も順調だそうです！　お仕事頑張って下さい〉

嬉しさに思わず声が出た。当直の先生から報告が行ったのだろう。背の君に告げると、彼の声も弾む。

急いで返信し、おかげさまで原稿は無事に間に合ったこと、もう少ししたらもみじを迎えに行くことを伝えると、すぐにまた返事が来た。

〈容態は安定しているので、少しお休みになって下さい。それまで点滴を継続させて頂きます。体温測定時に、怒る元気が出てきたそうです！〉

ああ……ああ、よかった。怒るだけの元気があれば大丈夫。それでこそ、もみじだ。

お言葉に甘えて横になったものの、とうてい眠れない。結局すぐにまた起き上がり、午後四時を待って迎えに行くと、誰もいない待合室にまで彼女の中村玉緒的ドスのきいた声が聞こえてきた。ものすごく不機嫌そうだ。よしよし、それでこそ。

「おしっこもちゃんと出ますし、体温も安定しています。この年齢とは思えない、素晴らしい生命力ですよね。ほんとによく頑張ってくれて」

当直の先生の言葉に涙ぐみそうになる。そうなんです。ほんとに根性と度胸の据わった頑張り屋さんなんですよ、彼女は。

奥から連れてこられたもみじは、昨夜よりずっとしっかりした顔つきで、目にも光が戻っていた。

翌朝の診察の予約を入れ、いつものようにエコバッグごと膝に乗せて、帰路につく。夕空の彼方《かなた》、白い雲を縁取るオレンジ色がかった光が目にしみて、バッグを両腕で抱きかかえながら涙ばかりあふれた。信号待ちで止まるたび、運転席からも手が伸びてきて、彼女の背中をそっと撫でた。

帰宅するなり、酸素室に入れてやる。ボンベがなくとも、家庭用空気清浄器サイズの機械が延々と必要充分な仕事をしてくれる。月々二万円ほどのこの透明なレンタル酸素室のおかげで、どれだけ助かっているかしれない。ペット用のホットマットの上に寝かせ、彼女お気に入りの、赤いニットのカバーをかけた湯たんぽをあてがう。相変わらず足腰は立たず、ぐったりしてはいるけれど、昨夜のように視線がゆらゆらと定まらないなんてことはなくなっていた。危機は脱したのだと思った。

夕方になって、近くに住む友人おとちゃんとその息子ハヤトが、もみじの顔を見に来てくれた。仕事の補佐や事務方のすべてを担ってくれているおとちゃんには、家を空けるたびに猫たち全員の面倒を頼んできたし、四月から小学五年生になるハヤトに至っては、私の留守を狙い、大好きな背の君ともみじと川の字でお泊まりしていくほどなのだ。東京の大学に通っている娘のしおりちゃんも、つい十日ほど前に帰省して、もみじの顔を見に来てくれた。今ではほとんど家族のような存在と言っていい。

酸素室のかたわらにしゃがんだ母子が、もみじの様子に安堵しながらも気を揉んでいるのが伝わってくる。私に伝わるくらいだから、もみじにもはっきり伝わるのだろう。昨夜からの経緯《いきさつ》を私が話している最中、重たい頭を何度かもたげては、おとちゃんとハヤトの顔を見上げて物憂《ものう》げに鳴き、また湯たんぽを枕にして横たわる。

「『ちょっともう、あんたら聞いたってえなー。うち、ゆうべ、なんや見たことない川渡りかけてんでー。死んだ婆ちゃんが向こう岸で手招きしたはるし、どないなるか思たわほんまー』」

背の君がよけいなアテレコを入れる。笑い事じゃないのだけれど、それでも笑えるのがありがたかった。


〈こんばんは。もみじちゃん、体調はいかがでしょうか。もし食欲があれば、スープかちゅ〜るをあげて下さい〉

〈ありがとうございます。帰ってからしばらくの間はしきりに鳴いたりもしていましたが、今は死んだように爆睡しています。死んだように、なんて言葉がつかえる嬉しさよ（涙）。目を覚ましたら、スープかちゅ〜る、匂いを嗅がせてみますね〉

〈良かったですね！　ご心配なことがあれば、何度でもお電話下さい〉

〈お言葉に甘えて、ありがたくそうさせて頂きますね。明日の朝、また連れて伺います。先生、ほんとうにありがとうございました。どうかどうか、お疲れが出ませんように、ゆっくり休まれて下さい〉

院長先生との間にそんなやり取りがあって、夜――もみじは、ひたすら眠っていた。八時過ぎ、鼻先にちゅ～る（ペースト状のおやつ）を持っていってやったら少しだけ舐めたもののすぐにやめ、それきり水も飲もうとしなかった。

夜中、ほんのわずかでも身じろぎする気配があるたび、私たちはハッと身体を起こして酸素室の様子をうかがった。前の日は完徹だというのに、眠りは浅く、夜は長かった。

翌朝九時、私は後ろ髪を引かれる思いでもみじを残し、かかりつけの歯科医院へと出かけた。数日前に、奥歯がぐらついて痛むんですと電話で訴えたら、可能な限り最短で何とか時間を空けて下さったのだ。

技術の高さはもちろんのこと、痛みを最小限に抑える治療や丁寧な説明で患者さんに人気があり、予約がなかなか取れないのだけれど、若先生にはいつも何かと無理を聞いてもらっている。『おいしいコーヒーのいれ方』以来の読者ですから、と言っては下さるものの、だからといって甘え過ぎてせっかくの予約を無駄にしては申し訳が立たない。

けれど、待合室で順番を待っていると、スタッフの女性が来て言った。

「すみません、前の患者さんに時間がかかってしまって、もう少しお待ち頂くことになるのですが大丈夫ですか？」

背中を炙《あぶ》られるような思いで、壁の時計を見上げる。家を出てからすでに三十分。このあとしばらく待って、それから治療を受けてとなると、さらに一時間はかかるだろう。たまらなくなって、

「ごめんなさい」

私は言った。

「ご無理をお願いしてまで予約を入れて頂いたのに申し訳ないんですけど……じつは、うちの猫が今、危なくて」

言いながら、自分の言葉に今さらのようにショックを受ける。

(――危なくて)

できることなら別の日にして頂けないでしょうか、とお願いしたその時、奥から若先生が顔を覗かせ、受付のところまで来て下さった。

「大丈夫です、村山さん。ご事情は僕、Twitterで見て存じあげてますから。どうぞ今は、猫ちゃんのそばについていてあげて下さい」

胸が詰まった。ありがとうございます、すみません、と頭を下げたとたんに込

み上げてくるものがあって、目の潤むのをこらえようとすると、かわりに声が震えた。

みんな、優しい。どうしてそんなに優しいのか。

それこそTwitter上でも、大勢のフォロワーさんがもみじの体調を心配して下さる。たかが猫一匹、なんて揶揄《やゆ》する人など一人もいない。顔の見えないネット上でのこと、時には心ないコメントが寄せられたって不思議はないのに、そんなものはただのひとつも見当たらなくて、逆に、その猫一匹のことでこんなに情けなく動揺している私を励まし、あたたかくて実《じつ》のある言葉をかけて下さる。会ったこともないもみじを気遣い、そのひと自身がかつて喪った大切な誰かに重ねながら思いやって下さる。

もみじの病気がわかったあの時以来、寄せられるたくさんの想いにどれほど勇気づけられてきたことだろう。自分はまわりに支えてもらって生きているのだと、これほど強く実感したのは、半世紀にわたる来し方をふり返っても初めてだったかもしれない。

軽トラックを運転して帰宅すると、背の君が驚いた顔をした。

「早かったな」

事情を説明しながら、酸素室を覗き込む。

「もみちゃん、ただいま。具合どや？　病院行くよ。行けそう？」

声をかけても視線は動かない。一点を見つめて呼吸しているだけだ。

顎の下の傷に障らないようにおそるおそる抱き上げると、ううー、と文句を言った。敷いていた吸水シートが濡れている。ほとんど色のないおしっこだ。

一昨日《おととい》からそばに置いたままの長座布団に、もみじをそうっと横たえる。酸素室からはずしたチューブにじょうごのようなマスクを取り付け、鼻先から顔をすっぽりと覆っても、嫌がる気力すらないらしい。鼻が詰まって呼吸が苦しそうだが、いつもの軟膏を塗ってクシャミをさせることはもうできなかった。ゆうべ夜中に一度やってみたら、立て続けのクシャミのダメージでまた呼吸が止まりかけ、とっさに彼女の鼻に吸い付いて人工呼吸を施すことでなんとか事なきを得たのだ。

どう考えても、これ以上は動かせない。病院に連れて行くのは無理だ。

電話をして現状を報告すると、院長先生は言った。

「このあと、お昼からでよければ私と美穂《みほ》が一緒に伺うこともできますよ。今日はたまたま、午後がほとんど空いていて動けますので」

なんという幸運だろう。もちろん、お願いしますと答える。

ミホちゃん先生は院長先生の娘さんで、同院の獣医師の一人だ。関西弁の場合、「ミホちゃん」のアクセントは「ミ」ではなく「ホ」にある。標準語で言うところの「花」「鍵」と同じで、後ろの音が上がるのだ。ふだんミホちゃん先生に点滴をしてもらう際にもみじが文句を言うと、背の君は「天敵ミホの点滴ー」など と寒い冗談を言うのだが、

「よかったなあ、もみじ。インチョ先生とミホちゃん先生、来てくれはるで。ありがたいなあ」

今日はさすがに殊勝だった。

「な、もみじ。先生ら来てくれはったら、またきっと楽になるからな」

背の君の言葉にも、もみじは反応しない。でもきっと聞こえているのだと信じて、かわるがわる身体をそっと撫でる。

やがて我が家を訪れた先生たちはすぐさま、寝室に置いた長座布団に横たわるもみじのそばにしゃがみこんだ。

「もみじしゃん、もみじしゃん、よしよし、えらかったですねえ」

ミホちゃん先生が愛おしそうに話しかける。

「ほんとにすごい頑張りですよ、もみじちゃん。ゆうべ、ちゅ～るを舐めたって

伺ってびっくりしました」

と院長先生。

二人とも、私たちと話しながらもてきぱきと手を動かし、点滴の器材を調える。容態を確認して、さらに注射も打って下さる。

治療のため、というよりは、何よりもまず今の苦しみを取り除くための処置であることがわかった。それでいい、と思った。一昨日からのもみじをずっと見守ってきた私たちには、彼女に対して、「頑張れ」と頼むことがもう辛くなっていた。もみじはとっくに限界を超えて頑張ってくれているのだ。十二回の手術に耐え、腎臓の負担に耐えて。

もっとそばにいてほしい。一日でも、一時間でも長くこの世に留まってほしい。もう一度、元気に歩いて、えらそうに鳴いて、この手から缶詰を食べてみせてほしい。その気持ちは掛け値なしにほんとうだけれど、だからといってそのためにもみじに無理をさせるのは、もう……。もう。

とはいえそれは、不思議と穏やかな時間だった。急激に容態が変わる気配はなかったので、先生たち母娘《おやこ》と四人で見守りつつも様々な話をした。獣医師になろうと思ったきっかけや、これまでに出会ったたいのちにまつわる不思議な話、私の仕事に関するあれこれ、背の君との縁、そしてもちろん、もみじがこれまで生きてきた十七年と十ヶ月について……。

母猫の〈真珠《しんじゅ》〉の手を握り、お腹をさすって産ませた四匹の子猫のうち、ずっと私と一緒だったのがもみじなのだと話すと、

「村山さんの半身なんですね、もみじちゃんは」

院長先生はしみじみと言った。

途中、ミホちゃん先生が別の用事で一旦外へ出た。戻ってきた時にはコンビニの袋を提げていた。

「よかったらどうぞー」

おっとりと言って差し出してくれる。じゃがりこ、コーヒーゼリー、フルーツゼリー、その他の軽食。私たちは家を空けられないだろうからと、わざわざ途中で買ってきてくれたのだ。

「俺、焼きそばパンがええて言うたのにー」

と背の君。

「言うたんかい！」

と私がつっこみ、ミホちゃん先生がころころと笑う。

「けど俺、じゃがりこ好き。めっちゃ好き」

「よかったですー」

そうこうするうちに何時間たっただろう。呼吸のたびに喉のところでぜろぜろと音がしていたのが、ずいぶんましになる。注射のおかげだ。

それまでひと呼吸、ひと呼吸を祈るように見つめていた先生たちの肩から、ふっと力が抜けた。

「よかった。落ち着いているみたいですので、私たちは一旦帰って、診療時間が終わってからもう一度来ますね」

遠慮する余裕もなかった。ありがたさに、ただただ、お願いしますと頭を下げた。

船出のしたく

時計を見ると、五時を回っていた。

この三日ばかり、もみじのそばにかがみこんでばかりいるせいか、腰が痛んでならない。少しだけ、とベッドに仰向けになった。背の君もソファに身体を預けてぐったりしている。

呼吸の音はほとんど聞こえない。もみじ自身はもちろんそのほうが楽だろうけれど、あまりに静かすぎて不安になる。耳をそばだてながら、ふと、その時を待っている自分に気づいた。悲しいけれど、私の心はもう、終わりの時が訪れるのを激しく拒んではいないらしい。不思議と平らかな気持ちで、あとはもみじ自身にすべてを委ねようとしている。

想像していたのと違っているな、と思いながら、携帯を手に取り、Twitterを開いた。前日の夕方、病院へ迎えに行った帰りに書き込んだ、

〈お帰り、もみちゃん。……お帰り。〉

のツイートともみじの画像に、なんと、二千近くものいいねと、百五十を超える応援のコメントが寄せられていた。ネットの向こう側にいる見も知らぬ人たちが、みんなして、心の底から、もみじの恢復《かいふく》を祈ってくれている、その気持ちが尊くて、鼻の奥がじんじんする。

こんな時に書き込むのはどうなんだろう、と迷ったのは少しの間だけで、やっぱり書くことにした。ちゃんと報告しておかなくては——できれば、もみじの口から。

半透明の酸素マスクをすっぽりとかぶり、もこもこのフリースにくるまって横たわるもみじの写真を添えて、一字ずつ打ってゆく。

皆さん、お見舞いたくさん、おおきに。
うちな、いま、ゆっくりゆっくり、船出のしたくしてまんの。
インチョ先生もミホちゃん先生も家に来て、
うちのことほんま大事に、苦しないようにしてくれはってな。
おかげでかーちゃんもとーちゃんも、安心してうちのこと見てられるねん。
ええやろ。へへん。

仰向けのまま、もみじのお筆先のようにして書きつづりながら、涙がとめどなくあふれ、こめかみから耳の中に流れ込んだ。人に伝えようと考えて言葉にしているはずなのに、私自身もまた、言葉にすることでようやくちゃんと理解できるようなのだ。
書いた文章を推敲《すいこう》し、制限字数内にきっちり収めて、送信ボタンを押した、その時だった。

あーおう、と、もみじが鳴いた。

跳ね起きてそばへ行く。

「どした、もみちゃん」

呼吸が速い。フリース毛布をめくってみると、お腹が波打っている。かと思えば、その動きがひどく間遠になる。

慌てて背の君を呼んだ。飛んできた彼は、もみじ、もみじ、と目の奥を覗き込み、しばらくお腹に手をあててから、ほっとした声で言った。

「大丈夫や。息しとる」

「ほんまに?」

「ああ。はらはらさすなよ、なあ?」

二人して、ゆっくりと上下するお腹を見つめる。

ややあって、やれやれと立ち上がり、ソファに戻った彼が言った。

「俺、じゃがりこ食うで。ええか?」

私が答えるより先に、

〈う――――ん〉

と、もみじがけっこう大きな声で言った。長いため息のようだった。

「今のん、聞こえた？」

「おう、返事しよった。『勝手に食うたらええがな』てか」

苦笑しながら、彼がコンビニの袋をがさがさと引き寄せ、じゃがりこを開けて食べ始める。

「お前、要らんか」

「うん、今ええわ」

「知らんぞ、無くなんぞ」

「ええよ。たんとお食べ」

赤い湯たんぽはまだ充分に温かい。酸素マスクの位置を直してやり、指先でうなじの毛を撫でる。互いの視線が、目の焦点が、しっかり結ばれないのが寂しくてならず、私も床に横になって彼女の顔を覗き込む。間を邪魔する半透明の酸素マスクがうっとうしいけれど、取り去るわけにはいかない。もどかしい。

そうしてそれは、背の君がじゃがりこを食べ終わる頃に訪れた。

ひくっ。

と、もみじの肩が痙攣《けいれん》する。

ひくっ、ひくひくっ。

呼吸は浅く速く、途切れがちになってゆく。

彼女の小さな頭を左のてのひらで支えながら、私は静かに背の君を呼んだ。

「なあ」

「うん？」

「いよいよかもしらん」

無言で立ち上がった彼が、再びそばへやってきてしゃがむ。二人の影が、もみじの上に差す。

吸う息。

吐く息。

途切れたのち、かすかに、吸う息。

吐く息。

吸う息。

長く、ながく、ふううううう、と吐く息……。

それっきり、だった。

待っても、呼吸は戻ってこない。

毛布をめくり、お腹に手をあてる。上下していない。酸素マスクを取り、目を、やっと直接、覗き込む。揺らめきもしない。鼻先に唇をあててみる。風が感じられない。口は半開きで、まるで眠っているようだ。

「……逝ったか」

と、彼が呻く。

「うん。……逝った」

まただ。言葉にしたとたんに脳がそれを理解して、どっと涙があふれた。

最高の供養

「もみちゃん……。もみちゃん、よう頑張ったなあ、おおきになあ」

「もう大丈夫やで、もみじ。もう、なぁんも苦しないからな」

二人とも、泣き笑いの顔だった。〈泣き〉の部分は自分の感情で、〈笑い〉のほうは旅立つもみじに向けるものだった。私たちが悲しみのままに泣き叫んだりしたら、彼女が気にする。こんなにも見事に、尊厳を保ったまま逝ったのだ。その最期を穢《けが》してはならない。

あらかじめ院長先生に教わっていた〈万一の時〉の指示を思いだし、背の君が点滴のスイッチを止め、前足から針を抜く。

三月二十二日、午後五時五十五分。

ニャンニャンの日に、ゴーゴーゴーか。絶対忘れないな、などとぼんやり思ってみる。せめてあと一度だけでも桜を一緒に見たかったけれど、果たせなかった。

静かで獰猛《どうもう》な悲しみが、身体の中にまんまんと満ちてくる。背の君とかわるがわる、まだ温かくて柔らかなままのもみじを撫でさすりながら、たくさん名前を呼び、たくさん話しかけた。

「俺、もっとええこと言うたったらよかったなあ」

ぽつりと背の君がつぶやく。

「うん？」

「あの『うーーん』が最後になってまうならな。もっとカッコええこと言うたらよかったのに、思てな」

「ああ、『じゃがりこ食うで』やなくて？」

「おう。『もみじ、愛してるで』『うーーん』みたいな」

「それでは面白《おも》んない」

いつもと同じ調子でくだらないことを言い合いながら、私がもみじの身体を持ち上げ、彼がその下のシートを整える。汚れているかと思ったのに、おしっこの一滴さえ漏れていない。

「女優か」

と、背の君が言った。

とにもかくにも病院に連絡をした。もみじが、いま、逝きました、と告げたとたん、院長先生は「えっ」と息を呑んだ。ほんの小一時間前までそばに付いていて下さったのだ、無理もない。

おかげさまでとても穏やかな最期でした、と話すと、

「そうでしたか……。もみじちゃん、きっと、お二人と水入らずになるのを待ってたんですねえ」

先生の声が揺れた。

「後ほど、もう一度伺って、もみじちゃんの身体を綺麗にさせて頂きますね」

続いて、おとちゃんの携帯に電話をかける。

もしもし、と出たのは息子のハヤトだった。後ろに外の音が聞こえる。

「ハヤト、お母さんはもしかして運転中?」

「うん、そう」

「そっか。じゃあ、まず、『驚かないで聞いてね』って言ってくれる?」

驚かないで聞いてねって、と伝えるハヤトの声に重なるように、おとちゃんの悲鳴が聞こえる。

「やだ、うそでしょう? いまTwitter見て、行こうとしてたのに!」

ものの数分で到着した。もみじの亡骸《なきがら》のそばに茫然と立ち尽くす母子に、背の君が言った。

「なんか話しかけたってや。きっとまだ、聞こえとる」

夜七時過ぎに院長先生とミホちゃん先生が再び来て、ぽろりぽろり泣きながら手を合わせた後、もみじを清めて下さった。顎の下のまだ新しい傷口を拭き、鼻や目の周りを拭き、身体の穴から彼女を汚すようなものが出てこないように丁寧に綿を詰め、整えてゆく。

「なんて綺麗なんでしょう、もみじちゃんたら。何にも必要ないくらい」

と、院長先生がつぶやく。

「おめめはどうしましょうか。閉じることもできますし、このままでも」

半分開いたままの目を見て、私は言った。

「そのままにしておいてやって下さい。全部、見ていたいんじゃないかと思うので」

すべての始末が終わり、点滴や薬品などの片付けまで済むのを見計らって、背の君がテレビをつけた。何かと思ったら、昨年の秋に放送された「ネコメンタリー」を録画したものだった。先生たちにソファを勧めて言う。

「供養や思て、もっぺん観たって下さい」

おとちゃんもハヤトも、そして私たちも、それぞれベッドや椅子に座って画面を見つめる。エディット・ピアフの『La《ラ》 vie《ヴィ》 en《アン》 rose《ローズ》』が流れだすオープニング、もみじのアップを目にした先生たち二人が声をあげる。

「ああ、やっぱりもみじちゃん、なんて美しいの！」

「可愛いー、もみじしゃん、可愛いー」

きっとここに横たわるもみじにも聞こえていて、へへん、と鼻を高くしているに違いなかった。

映像の中、もみじのお腹が上下する。伸びをする。しきりに文句を言う。私の膝で満足げに目を細める。

〈なあ、かーちゃん。いっつもうちに訊くやん。あんた、かーちゃんとこへ来て幸せやった？　って。うちには、幸せ、てようわからん。けど、これだけはわかるで。かーちゃんは、この世でいちばん、うちのことが好き。うちは、この世でいちばんかーちゃんが好き。ソウシ、ソウアイや。ええやろ。……な？〉

上野樹里さんによる、ゆったりと胸に沁《し》みる朗読と、宝物のような映像に、想いがこみ上げてあふれる。最高の供養だった。

夜空は晴れ、星が満天に輝いていた。悲しいことがあると、綺麗なものはなおさら綺麗に見える。三月ももう終わりに近いというのに、ちょうど前日、軽井沢には雪が降って、空気はしんと冷たく澄みわたっていた。もみじを送るためにあるような夜だった。

「すごい星……」

庭先から空を見上げて、ミホちゃん先生がつぶやく。

「もみじちゃんが見せてくれてるんですねえ」

と、院長先生。

「お辛い夜に、こんなに素敵な時間をご一緒させて下さって……。ありがとうございました」

ありがとうを何度だって言いたいのは私たちのほうだ。この先生でなかったら、もみじをあんなふうに穏やかに見送ってやれたかどうかわからない。完治することはない彼女のためにどこまでしてやればいいのか、私以上に深く悩んではそのつど答えを提示して下さる先生だからこそ、信頼して何もかも預けることができた。こんなありがたい出会いは、奇跡にも等しい。

先生方に続いて、おとちゃんとハヤトも帰ってゆく。

「もみちゃんのために、一緒に悲しんでくれてありがとうね」

十歳の少年の細っこい身体を抱きかかえてそう言うと、うん、と恥ずかしそうに頷いた。

「もっと泣きたかったのに、途中で涙が終わっちゃった」

「わかるよ。そうだよね。そういうもんだ」

おとちゃんが報せた電話の向こうで、娘のしおりちゃんも、それに「ネコメンタリー」ディレクターの寺越さんも、絶句して泣いてくれたそうだ。

見送ったあと、庭先でしばらくの間、背の君と夜空を見上げた。星々に交じって、細いほそい三日月が光っていた。

先延ばしにしても辛くなるばかりだ。その晩のうちにネットで調べ、ペット葬儀社に連絡をした。

今のままの姿で庭に埋葬することも考えなかったわけではないけれど、その肉体に土をかけることを想像すると、内臓が軋むようだった。それに、まだ、もうしばらくの間は彼女と離れるなんて無理だ。せめてお骨にしてもらったなら、いつか気持ちの整理がつくまでの間そばに置いておける。

思ったよりも予約は早く取れて、というか取れてしまって、翌日の午後にはもう来てもらえることになった。後部に炉を積んだ車が家までやって来て、庭先で茶毘《だび》に付してくれるという。だいたい一時間くらいです、と業者の人は言った。落ち着いていて、感じのいい人だった。

「亡くなったのは今日の夕方でいらっしゃるんですよね。もし、もう少し長くご一緒に過ごされたいということでしたら、こちらは明後日に伺うこともできますが」

いかがされますか、と訊かれ、一瞬迷った。

実体を伴ったもみじを少しでも長くそばに留めておきたいとは思う。でも、一時間、二時間とたつごとに、彼女の身体は変化してゆく。生きている間は熱い湯たんぽとカイロでさんざん温めてやっていたのに、今となってはフリース毛布の中にたくさんの保冷剤を入れて冷やしている有様なのだ。いくら私が一緒にいたいからといって、彼女にそんな寒い思いをずっとさせておくには忍びない。

「大丈夫です。明日、いらして下さい」

と、私は言った。

ジャムと紅茶の詰め合わせが入っていた白い箱に、まっさらなシートを敷き、もみじを納めた。背の君が寝室の外から銀次だけを抱いてきて、そばにおろす。

「ほれ、銀次。ねえちゃん、逝ってまいよったぞ。お前は、ちっちゃい頃からさんざ世話んなったやろ。御礼言うとき」

わかっているのかいないのか、銀次は箱のそばに腰を落として座り、もみじの匂いをそっと嗅いだ。

最後の挨拶

しみじみありがたいことがあった。かつての担当編集者だった親友ピースケが、翌日の昼間、もみじに会いに来てくれたのだ。何でもその日は、朝から別の用事があってちょうど軽井沢に来ていたとのことだった。

偶然にしては出来過ぎていた。何しろ彼女は、十年余り前、私が房総・鴨川の家を飛び出して東京で暮らし始めた頃、しょっちゅうもみじの面倒を見に来てくれていたひとなのだ。私に泊まりの出張などが入るたび、もみじを独りぼっちにしないよう留守宅に泊まってくれて、あの偏屈なもみじも彼女のことは頼りにし、懐いていた。

「よかったねえ、もみじ。ピーちゃん来てくれたよ」

身体にかけていたフリース毛布をそっとめくって話しかけながら手招きすると、ピースケはそばへ来て覗き込み、つめたくなった毛皮を撫で、はたはたはたと涙を落とした。

「もみちゃん、もみちゃん、よく頑張ったね。あなたは綺麗な子。可愛い子。りっぱな子。こんな子、他にいないよ、ほんとに可愛い、ほんとに綺麗な子、とくべつな子……」

まっすぐな賛辞が、彼女の澄んだ声で惜しみなく捧げられるのを聞いていると、私もたまらずにまた泣けてきた。

もみじを箱ごと二階へ運び、ダイニングテーブルの上、お誕生日席に置いてやって、背の君やおとちゃんやハヤトもみんな一緒にお昼を食べた。ピースケの買ってきてくれたお弁当だった。悲しくて味がしなかった、と言いたいところなのだけれど、エビフライもヒレカツも舌の根に染みわたるほど美味しくて、ああ、私は生きる気満々なんだなと思った。罪悪感に蓋《ふた》をするみたいに、

「もみちゃん、ええ匂いするやろ」

などと明るく話しかけながら食べた。

火葬業者との約束は午後四時。ときどき時計を気にしながら、みんなでもみじの話をする。私はずっと、テーブルにのせた彼女の箱を抱きかかえ、毛布の下のひんやりとした毛を撫で続け、ときどき鼻を埋めてくんくん匂いを嗅いだりしていた。

体臭の強い犬たちと違って、そもそも猫の身体というのは、お風呂になど入れ

なくとも太陽に干した布団のような匂いがする。でも、もみじは、これまでたくさん飼ってきた中でもとりわけ良い匂いのする猫だった。

猫の匂いについては、動物学者や獣医さんなどがそれぞれ自説を述べていて、日光によって分解された皮脂の匂い（だから布団と同じ）であると言われたり、あるいはその家で使っている柔軟剤の匂いがうつるのではないかといったような推論もあったりするのだけれど、私はいつも、違うんだ、と思っていた。もみじも確かにおでこやうなじのあたりは日に干したお布団の匂いがするけれど、この背中やお腹のあたりの、白檀《びゃくだん》と沈香《じんこう》を混ぜて淡くしたみたいな素晴らしい香りは、間違いなく彼女の持つ〈体臭〉なんだ。そんな特別な猫が、きっと、稀《まれ》にいるんだ。

この匂いを味わうことができるのも、これでもう最後なのかと思うとせつなくて、すーはー、すーはー、目をつぶって嗅ぐ。

そうこうするうちに、やがて呼び鈴が鳴った。火葬の車が到着したのだ。

何かこう、またいきなり不安定になってしまう自分に対して身構えながら、みんなの後ろから箱をかかえて下りてゆく。

「準備をいたしますので少々お待ち下さい。まだしばらく大丈夫ですよ。ゆっくりお別れをなさって下さい」

三十代後半の男性はそう言って、停《と》めてあったワンボックスカーをバックさせてきた。後ろのハッチを上げると、小型冷蔵庫くらいの鉄の箱が現れる。炉だ。陶芸だったら茶碗《ちゃわん》が六個くらい焼けるかな、というサイズ。

電源をお借りできますかと言われ、背の君がガレージのシャッターを開けて、ケーブルをコンセントにつなぐ。

いよいよだ。もみじの、この身体がなくなる。もう二度と、永遠に、触れられなくなってしまう。

玄関先、庭へと続くデッキに立ち尽くして箱をきつく抱きかかえていると、私の肩に手を置いたおとちゃんが、

「由佳さん」

心配そうに顔を覗き込んできた。

いけない。私がしっかりしないと、みんなに気を遣わせてしまう。

「ん。大丈夫だよ」

なんとか微笑んでみせると、彼女は頷いた。

「大丈夫か。うん。そっか。……でもね、由佳さん。我慢しなくていい時も、あ

るんだよ」

そのとたん、反射的にこみあげてきたものがあった。こらえようとしたら、身体が、まるで漫画に出てくる大砲の砲身みたいに、ぶおんと内側から膨らんで爆発しそうになった。

暴力的な悲しみの塊を、吐くようにして口から産み落とす。ううう、と呻き声がもれ、全身を貫く痛みに涙があふれ出す。無理だ。こんなもの、とうてい呑みこんでおけない。箱を抱きしめたまま、デッキにしゃがみこみ、もみじの身体に顔を埋める。

だけど――私がいちばんなんだ。彼女をこれほどまでに愛したのも、喪ってこんなに悲しいのも、私がいちばんなんだ。この世の誰も追いつけない、これは永遠に、私と彼女との間にだけあるものだ。そう思うと、もみじが今まで以上に私の内側、心臓にまで食い込んでくる気がして、その痛みに慰められた。もっと痛くていい。もっと悲しくていい。

「そろそろ……」

と、声がかかる。

衝《つ》き上げるように、

（ふたりきりにして！）

という思いが噴きだす。

けれどそれでどうなるだろう。あと五分抱いて、そうしたらあきらめられるわけじゃない。

箱を地面に置き、もみじの身体をそうっと抱きあげる。中のシートの見えなかったところに、ほんのわずかに口からこぼれたものが茶色く滲《にじ》んでいた。

つめたくて、かたくて、嘘《うそ》みたいにひらべったい身体だった。これまで彼女がいつ見てもふくふくとまぁるかったのは、おいしい空気とか、好奇心とか、生きる気力とか、私たちへの愛情とか、文句とか、そんなものが内側から身体を膨らませていたからなんだと思った。

それでも今は、すべての苦しいことから解き放たれたせいだろうか。ただ眠っているかのような穏やかな顔だ。その顔をこちらに向け、捧げるようにして炉の中へ横たえる。少しのものなら一緒に焼くことができます、と言われていたので、厳選したものだけを入れてやった。

お気に入りだった湯たんぽの、本体はゴムなので遠慮して、赤いニットのカバーのみ。それぞれティッシュにくるんだ、私と背の君の髪の毛。もみじの好きだったカリカリと、ピースケが持ってきてくれた花かつおの削り節。そして周りには、みんなで花を供え、魔除《まよ》けになるからとローズマリーのひと枝も添えた。

ハヤト、おとちゃん、ピースケ、それぞれが、かわるがわるもみじを撫でる。

背の君が、彼女の肩のあたりにじっと手をあてて言った。

「お疲れさんやったなあ、もみじ。おおきにな」

最後が私だった。

「なぁんにも怖いことないからね、安心して行っといで」

小さい頭を両手で包み込んで言い聞かせる。

「長いこと、ありがとね、もみじ。また帰っといで。きっと帰っといでよ」

ばいばい、と、口の中で唱える。

ゆっくりと炉の蓋が閉められた。ごおおおっ、と音を立てて火が入る。

危うく炉に取りすがりそうになり、代わりに隣に立つ背の君にしがみついた。

身体がふいごになったみたいに号泣する。抱きしめてくる力の強さで、彼もまた懸命に痛みをこらえているのがわかった。

「……史郎《しろう》さんの時より泣いたらあかんやろ」

と彼が言う。

もちろん父の時も悲しかったけれど、親が亡くなるのは人の世の順番であるから覚悟もしていたし、仕方のないことととして受け容れることもできた。

でも、もみじは違う。覚悟しているつもりでも、もう少しくらいは一緒にいられるものだと楽観してしまっていた。私にとって彼女は、誕生の瞬間から見守ってきた子どもであり、変わらぬ愛情を注いでくれる庇護者《ひごしゃ》であり、唯一無二の戦友であり、信じるに足る同志であり、誰より愛しい恋人であり――文字通り、半身であったのだ。

呑みこみきれないものが噴き上げてきては喉をこじ開ける。どんなに身体に力を入れても泣き止《や》むことができずにいる私の頭をかかえて、背の君が、湿った声で言った。

「よしよし、泣いたったらええ。泣いたり」

昨夜の満天の星から予想はしていたけれど、あっけにとられるくらい素敵なお天気だった。いつも庭の花を見下ろすベランダから、骨と灰になってゆくもみじを見下ろした。

下に停まったワンボックスカーは天井を開けると煙突になるように改造されて

いて、真上からだと炉の中でごうごうと燃えるオレンジ色の炎が見える。熱いのでは、苦しいのでは、という感情は、不思議と湧いてこなかった。彼女をあれほど苦しめていた口の中の癌も、これですっかり燃えてしまうのだ。すべてが浄化されてゆく思いがした。

時折、風が吹く。火葬業者さんが炉のそばに供えてくれたお線香の匂いに混じって、さらに奥深くて雅《みやび》やかな、いい匂いが立ちのぼってくる。これは……。

同じように真下を見下ろしていたピースケが、ふり向いて言った。

「もみちゃんの匂いがしませんか」

ああ、やっぱりそうか。気のせいなんかじゃない。

おとちゃんも、ハヤトも、背の君も、顎を上げて匂いを嗅ぐ。まぎれもなく、もみじの匂いだ。まるで身体と骨のぜんぶが貴重な香木であったかのように、彼女は燃えながら私たちに最後の挨拶をしてくれていた。

どうしてこれをそのまま残しておけないんだろう。写真に撮って残すみたいに、瓶に詰めて取っておいて、時々少しずつ嗅ぐことができたらいいのに。

ふと、前に香道の家元から伺った話を思い起こす。生まれてすぐに母親のおっぱいを探し当てなくてはならない哺乳動物にとって、まず初めに必要となるのは嗅覚だ。人間でもそれは同じで、五感の中でも嗅覚からの信号だけが唯一、視床を経由せずに大脳へ届く。そうして、生きている間に経験したすべての香りの記憶は蓄積されてゆくのだ。これらは脳科学の分野でも立証されているという。

だからこそ私たちは、懐かしい香りを嗅いだ瞬間、奥深くしまわれていた記憶が蘇り、気持ちを揺さぶられる。

香りの記憶は永遠に残る。これから時がたち、たとえ薄れてしまったように思っても、同じ匂いを嗅げばきっとたちまち思いだせる。

大事にだいじに匂いを吸い込み、空へ還ってゆくもみじを目で追いかけた。庭にそびえるモミの木のてっぺん、蒼《あお》い碧《あお》い空の高みに、まるで彼女の爪のように白くてちっちゃな三日月がかかっていた。

「初めまして」ちゃうで

焼き上がってから冷めるまで二十分ほど待ってから、炉の蓋が開けられた。骨格標本のようなもみじがそこにいた。あまりにも見事に真っ白で、

「あらあらまあ、なんて綺麗なんでしょう」

思わずそんな感想が漏れるほどだった。

みんなして順番に、どんな細かい欠片《かけら》も残すまじと箸でつまんでは、つるんと白い陶器の骨壺《こつつぼ》に納めてゆく。

「よかった、一緒にもみちゃんを最後までお見送りできて」

おとちゃんとハヤトは、後にはずせない用事が控えていた。手をふるハヤトの頭を、

「おう。おおきにな」

背の君が、くしゃりと撫でる。

業者さんへの支払いは二万円だった。遠くからわざわざ来て、これだけ気持ちよく全部の面倒を見て頂いて、ただありがたいばかりだ。帰りがけ、業者さんは私の抱いている骨壺をじっと見つめて言った。

「ほんとうに大事に愛された猫ちゃんだったんですねえ」

どうしてそう思われたのかはわからないけれど、嬉しい言葉だった。

残った私たちとピースケとで二階へ戻り、もみじの骨壺を前に、お茶を淹れる。気を利かせてくれたのか、背の君は自分のぶんを一杯飲むと階下へ下りていった。

天窓から陽の射すダイニングで、もみじのことをたくさん話した。房総・鴨川

の家を出奔した私がいちばん不安定だったあの頃を、もみじの次によく知っているのはピースケなのだ。思い出話は尽きることがなかった。

骨壺の蓋を開け、中を覗き込む。どの欠片をとってみても、本物の骨ではなく石膏のレプリカみたいに真っ白だ。

「……きれい。食べちゃいたいくらい」

思わずつぶやくと、ピースケが言った。

「いいじゃないですか。私食べましたよ、〈ぴーちゃん〉の」

かつて彼女の〈半身〉であった、緑色のセキセイインコの名前だった。

壺の中にそろりと指を差し入れると、まだほんのりと温《ぬく》みが残っている。大ぶりのおでこの骨などはよけ、桜の花びらのような薄い破片を選んで、口に入れる。そんなにも薄いのにしっかりと堅くて、前歯でぽりぽりと嚙《か》んで砕いた。味は、まったくない。食べものとは根本的に異なるものだと思った。喉を通ってゆく時まで破片の粉が堅くて、飲み下すのに苦労する。食道までざらざら、ちくちくする。でも、その感覚さえも味わっていたかったから、お茶で流しこむことはしなかった。

じんわりと身体の中が温もる心地がした。これでひとつになれた……などと、もっと強烈に感じるものかと思っていたけれど、それほど変わらなくて、そのことにかえって安心した。大丈夫。もみじはすでにちゃんと、私の中にいる。

「もみちゃん、身体が軽くなったのが愉しくて、しばらくは帰ってこないかもしれないけど、次に会ったら絶対わかりますよ。私、今の子に会った時、ほんとにすぐわかりましたもん」

と、ピースケが微笑みながら言う。

「なくなってしまう幼稚園の、大きい檻の中でたくさん一緒に飼われていたのをもらってきたのに、最初からまるで手乗りの子みたいに私に懐いたんですよ。家に連れて帰る車の中で、仁王立ちみたいにして私のことをじーっと見上げてたのを覚えてます。その時、足の指が一本欠けてることに気づいて、『あ、指がない』って言ったら夫は『可哀想《かわいそう》だからこのまま飼ってやろうよ』って……その言葉はもちろん嬉しかったんですけど、私は取り替えたいとかいう意味で言ったんじゃなくて、何ていうか……まるで、私のための印みたいな気がしたんです。うまく言えないけど」

彼女の〈今の子〉にも会って挨拶したことのある私は、とてもせつない思いでそれを聞いていた。

私にも、わかるだろうか。もみじは、ちゃんと私のための印をつけて現れてくれるだろうか。

「もみちゃんは、もみちゃんの前は誰だったんですか？」

ふいに訊かれてびっくりした。そんなこと、想像したためしもなかったからだ。

「これほど強い縁だったんだもの、初めてじゃないですよ。もみちゃん、前にもきっと、村山さんのところにいましたよ」

記憶をたどってみる。

自分でも意外なほど、すぐに答えが見えた。

「姫、だわ」

動物病院へ連れて行ったものの一日遅くて、死に目にさえとうとう会えなかったキジトラの姫。もみじよりスレンダーでしなやかな身体を持っていたけれど、彼女もまたプライドの高い、美しい猫だった。

寒い日の朝、布団に潜ってくる時の仕草。物憂げにひとを見るまなざし。もし、そうだとしたら、今度こそは私に最期を看取《みと》らせてやろうとしてくれたのだろうか。

いや、もっと遡れば、もしかするとその前はチコだったかもしれない。私がおんぷや抱っこで育てた〈弟〉。ネズミ駆除の毒を食べて死んでしまったあの子……。

ピースケが東京へ帰っていってから、背の君にそのことを話してみた。もみじは、もみじの前は姫だったかもしれない、などと言いだした私を、彼は笑わなかった。それどころか、彼もまた初めて合点がいったように頷いた。

「そうか、それでか」

「え？」

「俺、姫とは会《お》うとるで」

「うそ」

「ほんまや。中学の夏休み、練馬の、由佳姉《ねえ》んちへ遊びに行ったやろ。あの時、姫とだけは会うとる。よう覚えてるわ。ほんまにきれいな猫やった」

互いに、茫然と顔を見合わせる。どちらからともなく笑いだしていた。

「なんや、俺、もみじと初対面やなかったんかい！」

と、彼は天井を仰いだ。

「この家で会うた時、俺は新入りやし、もみじは、いうたら牢名主《ろうなぬし》みたいないちばん古株の大先輩やんか。『初めまして、よろしゅう頼んます』て神妙に挨拶してんけど、あいつ、きっと思てたんやろな。『初めましてちゃうで。あんた、大きなったな。ちゅうか、オッサンなったな』って」

そうだったのか。だからもみじは、あんなにも彼に心を許したのか。会ったその日からお腹に乗り、背中に乗り、三にんで川の字になって眠ったのは、初対面じゃなくて久々の再会だったからなのか。

そんなことが、そっくりそのまま胸に落ちて、もう何の不思議もなかった。

もみじは、もみじの魂は、これまでもずっとくり返し私のそばにいてくれたのだ。私の目が、この世にあるものしか見ていなかったからわからなかっただけで。

痛みが薄れてゆくのは

今でも目が覚めるといちばんに、もみじにおはようを言う。

歯ブラシをくわえながら、小さなグラスに彼女の好きだった熱めのお湯を汲《く》んでやり、

「はい、もみちゃん」

と写真立ての前に供えるのが日課だ。

数日に一度は花も替える。冬の寒い時期以外は、庭に咲く素朴な花がほとんどだ。

寝る間際にはもちろん、もみじにおやすみを言う。

枕のすぐ左側に畳んで丸めてあるすべすべの毛布は、白地にグレーの羽根模様で、お薬を飲ませたり、目薬をさしたり、鼻に軟膏を塗りクシャミをさせては鼻水を拭いたりする間、もみじをぐるぐる巻きにするのに使っていたものだ。それを巻かれると、サザエの壺焼きみたいな姿になった彼女は文字通り手も足も出なくなり、いよいよ観念しておとなしくなるのだった。もとい、とりあえずあまり派手には動き回らなくなるのだった。

毎晩明かりを消したあと、その毛布を抱きしめて撫でながらそっと鼻を埋める。匂いなんて今さら残っているはずはないのに、記憶のいたずらか、鼻腔の奥のほうで白檀と沈香がかすかに香るような気がする。

いったいどこをほっつき歩いているのか、もみじはあれ以来、まだたったの一度しか夢に現れてくれない。寂しいけれど、それもまた自由で気まぐれな彼女らしい、と自分に言い聞かせる。

いっときに比べれば落ち着きはしたけれど、悲しみが癒えたとはとうてい言えない。たとえるなら、あまりにも大きなものを呑みこもうとして果たせずにいる蛇だろうか。どうやったって今さら吐き出すわけにはいかず、かといって腹に収めることもできない。

一人で車を運転している時、行く手に、あまりにも美しい夕焼け空を背景にした浅間山がそびえているのを見たとたん、喉をこじ開けるようにして叫び声が漏れてしまったこともあった。もみじー、もみじー、さびしいよう、あいたいよう、もみちゃあん！　と、ハンドルを拳《こぶし》で叩きながら声をあげて泣きじゃくった。道がまっすぐで何よりだった。

うわべだけでも平静でいないと、仕事にならないし、人とも話せない。ちょっとでも気を抜くと寂しさと恋しさがダダ漏れになってしまうのを、そのつど胸にてのひらを当て、蓋をして押さえこむ。それをくり返すうち、くたくたに疲れきった私は、とうとうある日、背の君にこぼしてしまった。

「あのな。うちな。ほんまのこと言うたらな。……あんまり、大丈夫やないみたいやねん」

ずっと気を張っていたものだから、弱音を吐いたとたんに声がもう湿ってしまった。

「あたりまえやろが、あほやなあ」

と、背の君はあきれたように言った。

「無理して我慢なんかするな。なんぼでも泣いてええねんぞ」

言われたとたん、身体中の緊張がゆるんで、おいおい泣いた。ストレスのせいか顎関節症が悪化してしまっていて、耳の下の蝶番《ちょうつがい》がギリギリと痛んだ。口が大きく開かないので「わああ」とは泣けず、呻き声は「ううう－」とか「ひいい－」になった。

「わかっとる。俺なんかと比べものにならんほど、お前は苦しいやろ。おおかた十八年も一緒におってんし、もみじは、なんせ特別やったもんなあ。……せやけど、隣んちの猫のこと考えてみ。ある日突然帰ってけえへんようになったら、家のもんは、ずーっと待ち続けたまんま、あきらめることもできひん。それがどんだけしんどいか。俺らは、もみじをあないして見送らしてもろただけ、まだありがたかった思うで」

ゆっくりゆっくり投げかけられる言葉に、うん、うん、ほんまにそうやよな、うん、と頷くうちに、だんだんと激情の波はおさまっていった。

いつだったかTwitterのタイムラインに流れてきた、あるつぶやきを思い出す。心療内科で、「亡くした愛猫のことを思い出す機会が減ってきて寂しい」と相談したところ、お医者さんが、「それは〈同化〉と呼ばれるもので、これまでは猫があなたの外側にいたから悲しかったけれども、今は内側にいるんですよ」と言った、というものだ。

私も同じだった。まだ時々は時化《しけ》のような激しい感情の揺り戻しが訪れるけれど、見送った直後のあの苦しさに比べれば、痛みはいくらか鈍くなり、間隔も少しずつ間遠になっていきつつある。そのことが、かえって寂しく、哀《かな》しい。

もみじも、徐々に私と〈同化〉しつつあるのだろうか。痛みが薄れてゆくのは、彼女を忘れてしまうことではないと信じていいんだろうか。

たとえば子どものいない夫婦がペットを可愛がるのを、憐《あわ》れむような目で見る人もいる。

ある知人の作家がいて、その人はやがて子どもを持ち、育ってゆく我が子を見ながら思うところがあったらしい。

「前はうちでも猫や犬を飼ってて、亡くした時はもう二度と飼わないと思うくらい辛かったもんだけど、今になるとよくわかるよ。人がペットを可愛がるのは、永遠に子ども扱いできるからなんだな。人間の子どもは、成長とともに言葉を覚えて、親とは別の人格を獲得していずれは離れていく。親にとってはそれが喜びであり寂しさでもあるんだけど、ペットはずっと、こっちの言うことを聞く子どものまんまでいてくれるもんな。やっぱり、犬猫を可愛がるのと、人間の子どもを育てるのとは全然違うよ」

なるほど、そうかもしれない。きっとそうなのだろう。自分で子どもを産み育てたことのない私には、ほんとうのところはわからない。

でも、そんな私にも、生きものを飼うのと人間の子を育てるのが「全然違う」ことだけはわかる。どちらが上でも下でもなく、比べることそのものに意味がない、と思う。

いずれは独り立ちをすることが前提の人間の子どもと違って、飼われている犬や猫やその他の動物たちは、成長しても自分の意思を通すことができない。完全室内飼いであったならよけいに、外へ出たいと思っても、こんな飼い主は嫌だと思っても、去勢や避妊なんかされたくないと思っても、選択の自由はほとんどない。私たち飼い主は、彼らにとっての〈幸せ〉を、こちら側の勝手な都合ともすりあわせつつ、ただ想像してみるしかないのだ。

　そうして私たちは必然的に、人の子が成長して親元を離れてゆくのとはまったく別の種類の寂しさをかかえ込むこととなる。彼ら動物たちの短い一生を最期まで共にできたとしてもなお拭えない哀しさが、まるで必ず付いてくるおまけみたいに、愛しい気持ちの中に混じり込む。

　そう、生きものを飼うことは、あらかじめ哀しい。

　なぜなら私たちは、愛する彼らの口から、「あなたのもとに来て幸せだった」という言葉を決して聞くことができないからだ。

　一緒にいる間にどんなにくり返し「幸せ？」と問いかけようと、確かな返事は聞けない。どれほど愛しても、それこそ永遠の子どものように愛しても、彼らは最後まで答えを言わずにこの世を去ってゆく。私たちはただ茫然と置いていかれるばかりだ。

　もみじは――私のところに来て、幸せだっただろうか。

　誰かに訊けば「きっと幸せでしたよ」と言ってくれるにきまっているから、なおさら口に出すことはできなくて、そのぶん想いは胸に凝《こご》った。最後の日々をふり返っての後悔が、何度も満ちたり引いたりした。

前に院長先生が、美しい目もとに悲愴《ひそう》な哀しみをたたえて、

「もみじちゃんのために、ほんとうは何がいちばん良かったのか……」

ぽつりとそうおっしゃった時、私は心の底から、「あれで良かったんです」と言いきることができた。

「だってもみじは、癌が悪化して亡くなったわけじゃなかったでしょう？　直接の原因は、年齢のせいで腎臓が駄目になってしまったからであって、先生があのお薬と手術で腫瘤そのものの増殖を懸命に食い止めて下さったからこそ、彼女は十ケ月も生き延びたばかりか、ずっと自分で美味しくごはんを食べることができたんです。最後になったあの手術だって、もしもしないでいたならあとわずかな間は生きたかもしれないけど、あっという間に左目は失明していたろうし、ものすごい痛みに苦しんだはずです。あんなに綺麗な顔のままで最後の幕を引いたのは、きっと、もみじの意思だったんですよ」

院長先生を慰めるために言ったわけではない。ほんとうにそう思っている。

それなのに、同じ言葉を、私は自分に対してはまっすぐに言えないのだった。

どうしてもその前の段階まで——つまり、〈どうしてもっと早く口の中のできも

のに気づいてやれなかったのか〉というところまで、心が逆戻りしてしまうからだ。せめてもう少し早く気づいてやっていたら、もしかして彼女は今もここにいて、あの真ん丸な目で私を見つめてくれていたかもしれないのに。

久しぶりに袖を通したセーターに、白い毛がたくさん付いていた時。ベッドの上の布団が、何かの加減でこんもりふくらんでいるのを二度見してしまった時。お風呂の足拭きマットが、洗濯してもなお爪とぎのせいで毛羽立っているのに気づいた時や、クローゼットの引き戸がたまたまほんの十センチばかり開いていた時……。

ふいに立ち尽くしては性懲りもなくぼろぼろ泣きだす私を、背の君は、とくに何も言わずにそっとしておいてくれた。どう頑張ってこらえたところで泣かずにいるのは難しかったので、そばにいる人から咎められずに済むのはありがたかった。

もみじともっと一緒にいてやるんだった、と何度悔やんだかしれない。旦那さん一号と暮らしていた時も、夜は彼女の望みどおり腕枕して寝てやればよかった。

旦那さん二号と別れた後だって、東京へ行くたびにふらふらしていないでさっさと帰ってきてやればよかった。どんなに寂しい思いをさせたことだろう。彼女の時間は私のそれよりもはるかに早回しで過ぎてゆく、そんなことくらいわかっていたのだから、もっともっとたくさんそばにいて、一緒の時間を過ごしてやればよかった……。

今さら詮ないことと知りながら、私がそうして後悔の底に沈むたび、

「ちゃうやろ」

背の君は言った。

「もっと一緒におりたかったんはお前やろ。そう思たらなあかん。してやられへんかったことばっかり並べ立てて後悔しとったら、あいつが可哀想や。あいつは、お前とおって満足してたはずやで」

「そう、かなあ……」

「そうや、て。言うたやろ、最後の手術の前の晩のこと。俺が夜中にふっと目ぇ覚ましたらあいつ、真ん中の枕にうずくまって、お前の寝顔をじぃーっと眺めとった。もう、自分の身体があかんこともわかってたんやろな。あれはきっと、あいつなりの挨拶やってたんで」

そんなふうに言ってくれる彼自身、じつのところ、いまだにもみじの写真も動画もろくに直視できずにいる。

気持ちの支えが必要だった。

私たちはそれぞれ、もみじの骨壺の中からひときわ形の良いものを選んで身につけることにした。背の君は、ふだんから首にかけている熊野神社《くまのじんじゃ》のお守り袋の中に。私は、以前から大切にしているあの小さなボトル形ネックレスに入れて。ブロンズ色のワイヤーと鎖、電球のような形の本体とコルクの蓋からなる透明なボトルに、私はもう何年も前から、もみじの胸のところの白い和毛を入れていた。

でも、いざそこに新しくお骨を加える時、その行為を〈悲し過ぎる〉とは思わなかった。何か神聖な儀式のようで、むしろ心は慰められた。

細長い華奢《きゃしゃ》な骨と、ころんと丸っこい、たぶん尻尾の骨とを選んで入れる。光に透かして眺めれば、まるでふわふわの羽毛にくるまれた純白の珊瑚《さんご》みたいだ。

動物病院に連絡し、もみじがお世話になった御礼とその最後の支払いのために出かけてゆくと、院長先生やミホちゃん先生やスタッフの皆さんはかわるがわる、

「ああ、もみじちゃん……」

私が首からさげているボトルに向かって涙ながらに手を合わせてくれた。それから口々に言った。

「それにしても、なんて綺麗なんでしょう」

「ほんと。ここまで真っ白で美しいお骨って、ちょっと見たことないですよ」

すると背の君が横から曰く、

「あたりまえやがな。誰や思てんねん、もみじやで」

そうでした！　たいへん失礼しました、もみじちゃん！　と、みんなで笑い合う。

文句たれの三毛猫が、すぐそばで鼻を高くしているのが見えるようだった。

もみじは、生きてゆく

銀次、十一歳。青磁、十歳。サスケと楓の兄妹、ともに四歳。

とにもかくにも健康な彼ら四匹がそばにいてくれることが、いったいどれほどの救いになったかわからない。

いちばん食い意地が張っている銀次は、オスのわりに面倒見が良く、鈍そうに見えるけれどけっこう繊細で、誰かが叱られると自分がお腹をこわしてしまう。

器量はいいが偏屈な青磁は、おのれを猫だと思っていないのか他と仲良くする気はさらさらなく、私や背の君が何か作業をしているそばで甘えて雄鶏《おんどり》のように鳴き続けるのが日課だ。

その青磁に対しては強く出るくせにビビリなサスケは、来客が帰ってしばらくするとどこからともなく現れ、とーちゃんこと背の君の膝でくつろぐ甘ったれ。

小柄で最も敏捷な楓は、小悪魔というよりはビッチ、その甘え声で（背の君を含む）オトコどもを手玉にとっては涼しい顔をしている。今では彼女が紅一点となってしまった。

彼らそれぞれの温かな身体と柔らかな毛の流れを撫でさすり、抱きしめたり、匂いを嗅いだりできるということが、いちいち泣けてくるほど嬉しい。元気に食べているところを見ているだけで胸がいっぱいになる。

もみじは、私にとって代えのきかないとくべつな存在だった。

でも、他の四匹にだって、代わりなんかどこにもいないのだ。

おとちゃんに留守を頼み、背の君とそろって家を空けることのできる日々は久しぶりで、それは解放感とは程遠いものだったけれど、二人とも首からもみじのお守りをぶらさげているせいか、今ではどこへ行くにも一緒にドライブしているみたいな感覚がある。

病気が発覚してからの十ヶ月間、後半は週に二度三度のペースで動物病院へ通い続けるうちに、さすがのもみじも車に慣れ、ほとんど抗議の雄叫《おたけ》びを上げなくなっていた。「このぶんやったら猫トイレさえ積んどいたら一緒に遠出もできるかもなあ」などと言い合っていたくらいだ。

でも、ただ一ヶ所、彼女が必ずと言っていいほど鳴いた場所がある。国道をまっすぐに小諸《こもろ》方面へ走った後、浅間サンラインへと向かう信号を右折するところだ。交差点で右へと切ったハンドルがするすると戻りかけるあたりにアスファルトのふくらみがあって、車は軽くバウンドする。そのすぐ先はもう病院だ。もみじはそれを覚えていて、助手席に座った私の膝の上で振動を感じるたび、〈えー〉と一回だけ文句を言うのだった。

揺られながら窓から外を眺める時の、丸っこい後頭部。細いうなじには濃灰色と薄茶色の合わさる襟足がしゅっとのび、肩のへんに漂う彼女独特の婀娜《あだ》っぽさが大好きだった。

「もーみちゃん」

と呼べば、くるりと首を回して私を見上げ、うぬー、と鼻声で甘える。

「もみちゃんは、どうしてそんなに可愛いんだろうねえ」

と言うと、今度は返事もせずにまた外を眺め、車が止まれば降り注ぐ木漏れ陽を目で追い、窓を開ければ鳴き交わす鳥の声に耳を傾けていた。

若い頃は鴨川の里山一帯を縄張りにしていたけれど、晩年の彼女にとっての〈外〉は、病院へ通う行き帰りの道筋だけだったのだ。移り変わる季節を、景色を、風や木々や花の匂いを、少しくらいは愉しんでくれていたのかな、と思う。そう思いたい。

もみじが逝ってしまってすぐ、東京では例年より十日ほども早く桜が満開になった。我が家の庭でさえ、ゴールデンウィークより前に咲いた。あと一度だけでも並んで桜を見たいと願っていた私のために、もみじが咲かせてくれたんだと思った。

前年、南房総で独り暮らしをしていた父が亡くなったのもちょうど同じ季節で、ずっしり重たい骨壺を前にして、なんだか大きな、巨《おお》きなものから見守られているような気がしたものだ。慣れないうちはしょっちゅう空が気になって見上げてばかりいたのを覚えている。

もみじの骨壺は、とても小さかった。だからというわけではないけれど、今は、どんな小さないのちを見ても、もみじの生まれ変わりのように感じる。花を見ても、虫を見ても、もみじがその中に生きているように思う。

もしかするとそれが、自分を育ててくれた親と、自分が育てた〈子〉との違いなのかもしれない。

こうして、文章を書きつづる。言葉にするたび、痛みと哀しみがよみがえる半面、言葉にすることでそれらと少しずつ折り合いをつけてゆける気がする。

連載担当のT嬢が、涙でもみじを一緒に悼《いた》みながら私にこう言った。

「村山さん、鬼のようなことを言いますけど、今の感情のすべてを書きとめておいて下さい。絶対に、今でしか出てこない言葉があると思うんです。それを書いて下さい」

言われたとおり、全部メモした。書いておいてよかった。忘れるなんてあり得ないと思っていても、後からそのノートを見ると、思い出すことがたくさんある。

「鬼のような」編集者のおかげで、もみじは、言葉の中にもずっと残ってゆく。

もちろん、背の君とはしょっちゅう、もみじの想い出を語り合う。いちばん頻繁に話題にのぼり、何度語っても飽きないのは、「もみちゃん、喧嘩の仲裁をするの巻」だ。

私と彼が以前、ちょっとないくらいの大喧嘩をしたあの時、もみじは間にはさんだベッドの上を、二人を取り持つように右往左往しながら鳴き続けた。

〈あんたらもうやめぇさー！　ええかげんにしときぃさー！〉

犬ならともかく猫が、それも日頃は常に我が道をゆくあのもみじが……とびっくりして、結局二人とも笑い出してしまったあの時のこと。そのあと彼女は、私たちが入念に仲直りをする間、ベッドの隅っこで背中を向け、やれやれとあきれたようにあらぬ方向を眺めていた。そういうところは、テレビに映ることも猫雑誌に載ることもない、私たちだけが知るもみじの一面だった。

「ゆうべ、もみじがベッドに飛び乗ってきたで」

「え、いつ？」

「お前が寝た後。うつらうつらしとったら、そば殻枕をザク、ザク、踏む音がしてな」

「えー、何で？　私も起きてる時に来てくれたらええのに」

ん」
「お前はええやんか、夢に出てきてんやろ？　俺なんかまだいっぺんも見てへん」

そうだった。たった一度だけだけれど、もみじははっきりと夢に出てきてくれた。

どこかの砂利道の真ん中で所在なげにしている彼女を見つけて名前を呼んだら、いつもの掠れ声で返事をし、大きな水たまりを跳び越えて駆け寄ってきた。懐かしい頭突き、懐かしい手触り。嬉しくて、愛しくて、抱き上げて頬ずりしながら連れて帰ったのだけれど、彼女はまたすぐに外へ出たがった。今度別れてしまったら、もう会えるかどうかわからない。迷ったけれどしきりに鳴くし、素晴らしくいいお天気だったからサッシを開けてやり、気をつけて行ってくるんだよ、気の済むまで遊んだらちゃんと帰っておいでよ、と言い聞かせて、光あふれる中へと送り出してやった――そんな夢。

目が覚めてから、少し泣いた。見送ったことへの後悔はなくて、痛みにも似た幸福感と透明な哀しみが、何かの目印みたいにぽつんと胸の真ん中に残っていた。

もみじを亡くした後、思ったほど変わらないこともあったし、思っていた以上に変わったこともあった。変わった中でいちばん大きなことは、死ぬのがあまり怖くなくなったことかもしれない。

最期の最後、何もかも託し終えた目をして逝ってしまったもみじ。あの晩の冴えざえと澄み渡った星空を思い出す。「ネコメンタリー」に寄せる文章にも書いた通り、〈みぃんないつかはおんなじとこへ行く〉のだ。

彼女の死の直後にはあまりちゃんと読むことのできなかった、Twitterのフォロワーさんたちからのコメントは、しばらくあとになってから、一つひとつ大事に読み返した。温かさに思わず涙をこぼしながら、同時に改めて驚かされた。

何しろ、信じられないくらい多くの人が、彼女への言葉の中に、

「もみちゃん、ありがとう」

と書いてくれているのだ。

「よく頑張ったね。ゆっくり休んでね」

「大好きだよ、もみじさん」

いったいどういうことなんだろう。一度も会ったことのない猫だ。はっきり言って、よそんちの猫だ。それなのに、というかそんなことなど超えて、こんなにもたくさんの人が彼女を愛し、その死に涙し、惜しみ、悼んでくれている。そのことが、ありがたくてならなかった。もみじは、生きてゆく、と思った。

「あんな猫はおらんなあ」

と、背の君が言う。

「うん。ほんまにおらん」

と、私も言う。

美しくて気高い、ただそこにいるだけで尊い猫だった。あれほどまでに混じりけのないまなざしを、私は他の誰からも向けられたことがない。

そのとくべつな子が、おおよそ十八年もの間ずっとそばにいて、できそこないの私を世界でいちばん愛してくれた。だから私は、残された今生《こんじょう》を精いっぱい生きなくてはならない。彼女がここまで大切に守ってくれた以上、私は私を大切にするしかないのだ。

そこに在るのに見えていないもの

こうして机に向かって書きものをする合間に、時折、外へ出て庭仕事に励む。数日に一度は、もみじと父とにそれぞれ供える花を摘《つ》んだりもする。

草を引き、枯れ枝を落とし、肥料をやり、土を寄せる。私にとってはいちばんの息抜きであり気分転換だ。

巻いてあった長いホースをのばして水やりを始めると、しばしば隣の家の猫たちが覗きにやってくる。キジトラの兄弟、〈アシュリー〉と〈スモーキー〉。灰も煙もそっくりで、私には区別がつかないのだけれど、どうやら比較的大胆なのがアシュリーのほうらしい。

シャワーヘッドを握って水を出すたび、びくん、とホースがはねる。それが面白いのか、彼らは興味津々で前足をのばす。

今はもういなくなってしまった前の兄妹、〈ジンジャー〉と〈タビー〉が遊びに来ていた頃が昨日のことのように思い出される。彼らもまた、ホースにじゃれるのが大好きだった。

いなくなっても、ちゃんといるのだ。憶えている限り、消えたりはしない。ずっと、いる。そう思えば思うほど、目の前で生きて動いている若い二匹が愛おしくなる。

けれどまた、彼らとは別に、私の視界の端をときどき見知らぬ猫がかすめて通ってゆく。大きさも模様も定かではない。はっと顔を上げ、そちらを見るともういなくなっているから、まともに目にしたことはまだ一度もない。

でもそんな時、私は、思わず微笑しながらまた手もとに目を戻し、作業を続ける。いることは、わかっている。正面から見ようとすると見えないのは、ふだんから、〈そこに存在するものならこの目に見えないはずがない〉という思い込みがあるせいなのだろう。

そこに在るのに、私には見えていないものが、じつはこの世にはたくさんあるのかもしれない。ちょうど、もみじが――というか、今生では〈もみじ〉という名前を与えられた或《あ》る猫の魂が、ずっと昔からくり返し私のもとへ来てくれていたことにもつい最近まで気づかなかったように。

そういえば、彼女がとうとう逝ってしまったあの翌日、動物病院の皆さんから届いたお花の御礼を、と思い、院長先生にメールを送った時のことだ。

〈先生に診て頂けて、もみじは幸せ者でした。私たちはもっと幸せでした。先生のこと、心から尊敬しています〉

そうしたためたメールの最後に、〈もみじ&由佳〉と書いて送信すると、やがて返事が届いた。

〈もみじちゃんのためにほんとうは何がいちばん良かったんだろうと考えていたところへ、今メールを頂いて涙しています〉

と書かれていた。なんでも、部屋の扉が少し開いていて、おかしいな、さっき猫が入らないようにしっかり閉めたはず、と不思議に思った拍子に私からのメールに気づいたそうだ。

〈もみじちゃんがわざわざ届けに来てくれたんですね〉

とも書いて下さっていた。

どうやらもみじは、時空を超えてどこへでも出没できる身体を手に入れたらしい。口の中の邪魔な腫瘤もないし、もうどこも苦しくない。私が夢の中で会った彼女そのままに、ぴっちぴちの魂のまま跳ね回っているのだ。そりゃあ楽しかろう。

とはいえ、生きている間だって、若いうちは一度遊びに出かけたら何日も何日も帰ってこないことがしょっちゅうあった。こちらがどれだけ気を揉んでも姿さえ見せずにさんざんほっつき歩き、でもそのうち彼女なりに気が済むと、必ずひょっこり帰ってきた。自分の身体より大きな獲物をひっさげ、今朝も会いましたけど、みたいな顔をして、ちゃんと私のところへ戻ってきたのだ。

外へ出て、光に満ちた庭を見わたす。春夏はいのちでむせ返り、秋冬はひっそりと静まり返る小さな庭。
深呼吸をする。限りある視界の両端、輪郭がぼやけているあたりへ意識を凝らす。そうして、呼びかける。

もみじ、もみじ、愛してる。
早く着替えてまた戻っておいで。
そうしたら、私にはきっとわかる。
あんただってことが、きっと、わかる。

2018年3月22日

村山由佳（時々もみじ）
@yukamurayama710

皆さん、お見舞いたくさん、おおきに。
うちな、いま、ゆっくりゆっくり、船出のしたくしてまんの。
インチョ先生もミホちゃん先生も家に来て、うちのことほんま大事に、苦しないようにしてくれはってな。おかげでかーちゃんもとーちゃんも、安心してうちのこと見てられるねん。
ええやろ。へへん。

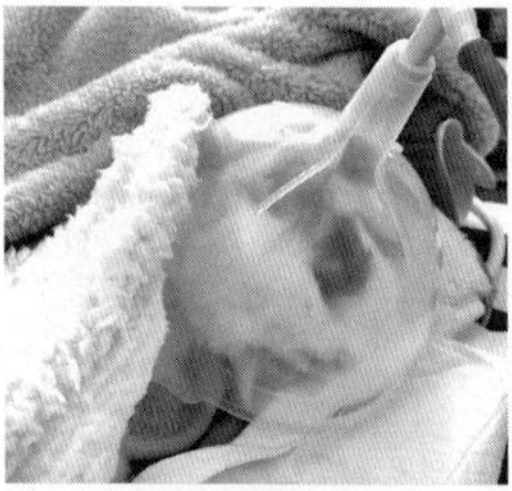

280　196　1923

2018年3月23日

村山由佳（時々もみじ）
@yukamurayama710

ご報告が遅くなってごめんなさい。

昨日の晩、もみじは儚くなりました。容態が安定し、先生方が一旦帰られて、家族三にんきりになった直後のことでした。この上なく穏やかで彼女らしい最期だったと思います。

もみじを愛して下さった皆さん、ありがとうございました。

銀次。姐さんにお別れしな。

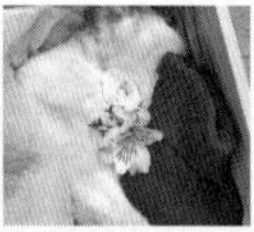

448　699　5435

2018年3月23日

村山由佳（時々もみじ）
@yukamurayama710

皆さん悲しまんといてや。
うち、前以上に自由になってんもん、またちょくちょく下りてきて言いたいこと言わしてもらお思てんねん。かーちゃんもとーちゃんも、うちがおらなアカンみたいやし。

ほなな、ほんまおおきにな。
うちから皆さんへ、お礼のハート贈りますー。

ひとまず、
ばいばーい。

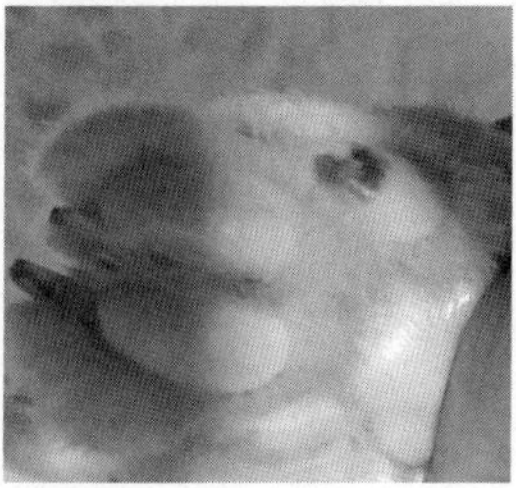

255　409　3680

2018年3月24日

村山由佳（時々もみじ）
@yukamurayama710

夜、明かりを消せば必ず、踏み台経由でベッドに上がってきた。
朝は腕の中か枕の上にいて、鼻を拭け缶詰を開けろとせがまれた。
外から帰っても、部屋で待っているはずの彼女がいない。
彼女が、いない。

インチョ先生とスタッフの皆さんから届いたお花を仕事場に。
花ってこんなに綺麗だったっけ…。

78　102　1525

2018年4月7日

村山由佳（時々もみじ）
@yukamurayama710

皆さん御無沙汰ですー。ちょぉ聞いたってくれる?

かーちゃんいうたらな、うちのこと、見えへんようになってしもたらしぃねん。ほんで今日も、おらんおらん言うて勝手に泣いとんねん。アホちゃう?

うち、ここにおるやん。そばにおって欲しいなぁ〜思た時は、ぜったい居てるねんで。

これ、正味の話。

72　138　1502

2018年3月26日

村山由佳（時々もみじ）
@yukamurayama710

今笑っていても、次の瞬間こみ上げるものがある。アカンやん、と彼女の声。見ず知らずの方たちがここに寄せて下さる慈愛に満ちた言葉の数々といい、もみちゃん、いったいあなたは誰だったの? という気持ち。

そんな特別な子が、17年と10ヶ月もの間、私のそばに居てくれたんだな。ありがと。もみじ。

78　114　1640

2018年4月10日

村山由佳(時々もみじ)
@yukamurayama710

あれから初めてもみじの夢を見た。まさかと思いながら呼ぶと、水たまりを飛びこえて走り寄ってきた。懐かしい頭突き。柔らかな手触り。抱いて連れ帰ったけれどしきりに外へ出たがるし、いいお天気だから光の中へ送りだしてやった…そんな夢。


目覚めて、ちょっと泣いた。

いつでもまた帰っておいで。

76　179　1914

2018年5月26日

村山由佳(時々もみじ)
@yukamurayama710

そうか、一つだけいいことがあった。これからはもう、毎年この日を迎えるたびに、あとどれだけ一緒にいられるんだろうなんて不安に駆られなくてよくなったんだな。


5月26日。

誕生日おめでとう、もみじ。

(こちらは一年前。最後、画面が横になってしまってますが、彼女からウィンクのご挨拶です)

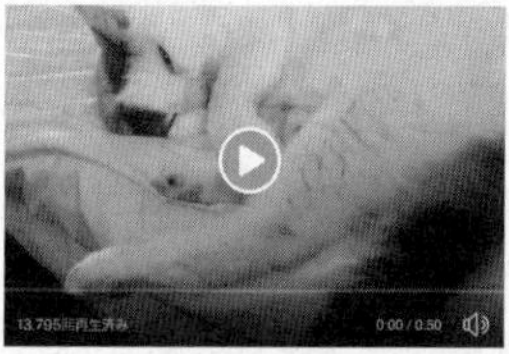

72　138　1500

一緒に病院へ通う日々は、
ふり返ると楽しかった。
思い出できらきらしてる。
ずっと続いてくれたらよかった。

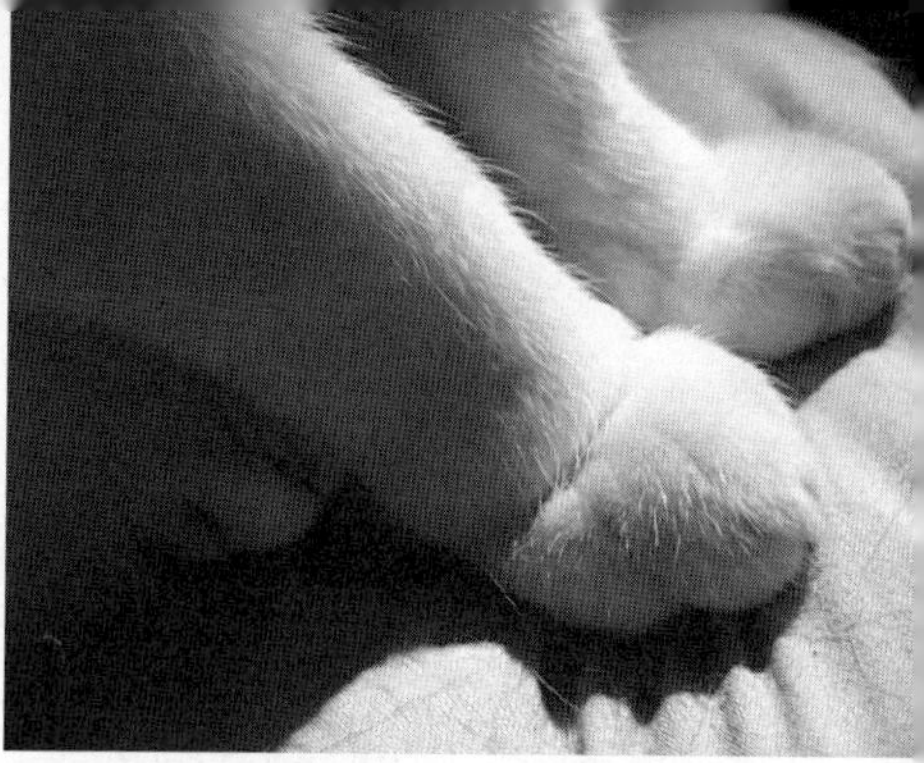

あとが楽になるのを知ってか、
それとも私たちを安心させるためか。
点滴の間、暴れることはなかった。
ほんとに えらかった。

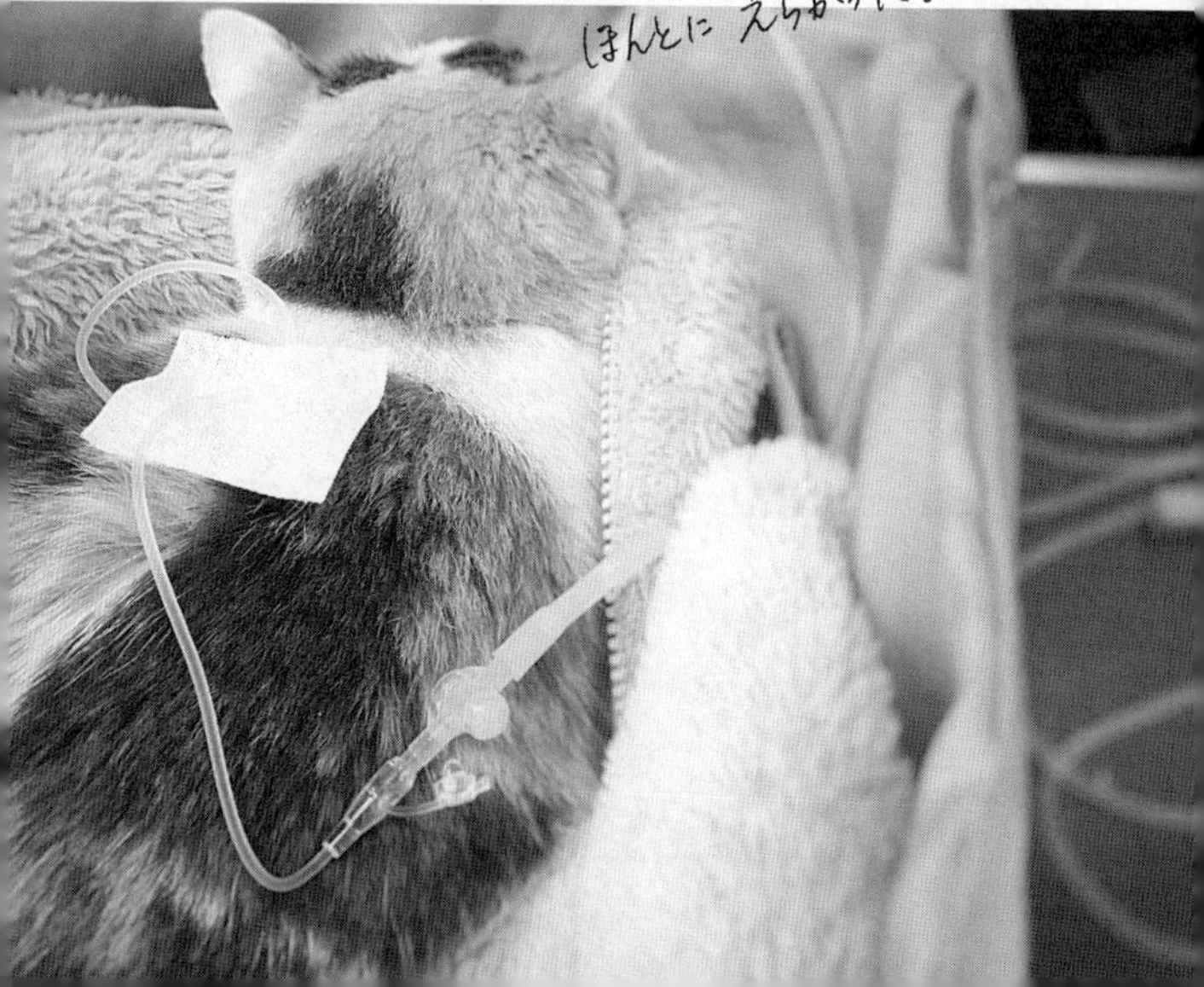

お気に入りの赤い湯たんぽカバーが、
さいごの旅の道づれ。
中身はこの冬、かーちゃんがお腹にのっけるよ。
あったかかったおまえのかわりに。
ばいばい、もみじ。
きっとまた、戻っておいで。

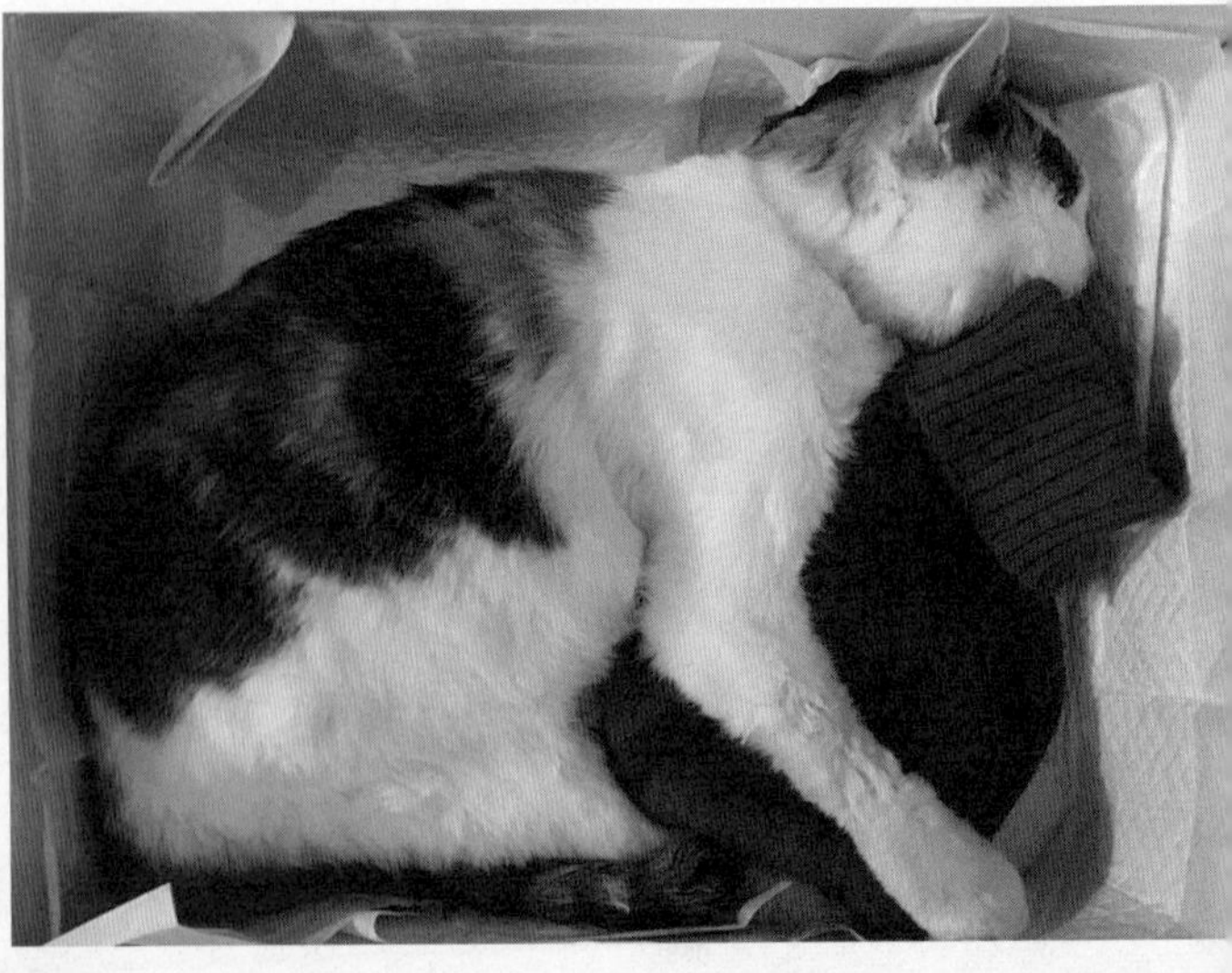

あとがき、てなに　――もみじの言いぶん

どちらさんもご機嫌さんー。もみじですー。

ちょっと皆さん、よろしぃか。聞いたってくれはる?

うちのかーちゃんなあ、何やしらんけど、うちのこと見えへんようになってしもたらしぃねん。

初めのうちは、「もみじー、もみじに会いたいー、何でもみじおらんのー、もみじにさわりたいぃー」言うて駄々こねては、えぐえぐ、えぐえぐベソかいて、うち専用のそば殻枕じっとり湿らせよってな。あのまんまやったら、カビどころか、キノコまではえてきてた思うで。ま、ええけどな、枕はとーちゃんが干しよるから。

最近はまだましになったけど、毎日うちの写真眺めながら、めっちゃ寂しい顔しよる。「もみちゃんは、どうしてそんなに可愛いんだろうねえ」て、十七年と

十ヶ月、ずーっと聞かされ続けたことをいまだに聞かされるし。ま、ええけどな、ほんまのこっちゃから。

あンなあ、かーちゃん。うち、ずっとそばにいてんねんで。晩かて一緒に寝てるやん。わかってるくせに。

うちのそば殻枕、あれから後も、とーちゃんとかーちゃんの真ん中に置いてくれたまんまやん、な？　枕カバーも、一緒に洗《あろ》てくれてるやん、な？

おおきに。ありがとさん。

けど、ひとつ、これだけは覚えといて欲しいねん。

いま、かーちゃんは、うち以上に愛せる猫なんかおるわけない、て思てるはずや。うちが一生でいちばんやった、て。うちにそのまんま生まれ変わってきて欲しい、て。

そらしゃーない。あれから、まだ半年かそこらやもん。

せやけどな。いつかもし、縁あって次のコを迎えることになった時は、うちの代わりやのうて、そのコとして可愛がったって欲しいねん。そのコは、うちが着替えて戻ってきた姿でもあるかしらんけど、それでもやっぱり、うちやない。そのコはそのコやからな。いつか先で、かーちゃんらがそのコのことを、こんなにも愛したコはおらんかった、て思えるようになったとしたら――ええねんで。ええこっちゃ。なぁんも、うちに悪いとか思わんでええ。なんでってそれは、この世に、うちとおんなじくらい幸せな猫が一匹増えた、いうこっちゃねんから。そのことを、忘れんといてな。

あ、せやせや、うちこそ忘れるとこやったわ。

あのオツムのネジのゆるぅい連中……銀色のでっかいお人好《ひとよ》しと、青ーい目ぇした頑固もんと、ビビリのぼんと、ハナタレむすめ。

あのコらのことも、よろし頼んだで。みぃんなうちの忘れ形見や思て、あんじょう可愛がったってや。

さてと、お邪魔さんでした。どうか皆さん、くれぐれも、大《お》っきい病気せんよう、人生愉しんでや。

ほな、また、いつか。

ごめんやす。

もみじより

本書は、二〇一八年十月、ホーム社より刊行されました。

初出　ホーム社文芸図書WEBサイト「HB」
二〇一七年八月～二〇一八年七月掲載

本文デザイン　望月昭秀（NILSON）
本文写真　村山由佳

村山由佳の本

おいしいコーヒーのいれ方　I〜X

彼女を守りたい。誰にも渡したくない。高3の春、年上のいとこのかれんと同居することになった勝利。彼女の秘密を知り、強く惹かれていくが……。切なくピュアなラブストーリー。

村山由佳の本

おいしいコーヒーのいれ方

Second Season Ⅰ〜Ⅸ

鴨川に暮らすかれんとなかなか会えず、悶々とした日々をおくる勝利。それぞれを思う気持ちは変わらないが、ふたりを取り巻く環境が、大人になるにつれて、少しずつ変化してゆき……。

集英社文庫

村山由佳の本

放蕩記

愛したいのに愛せない――38歳、小説家の夏帆は、母親への畏怖と反発から逃れられずに生きてきた。大人になり母娘関係を見つめ直すうち、衝撃の事実が。共感と感動の自伝的小説。

村山由佳の本

天使の柩

自分を愛せずにいる少女・茉莉と、心に癒えない傷を抱え続けてきた歩太。彼との出会いに、心安らぐ居場所を手にした茉莉だったが……。ベストセラー「天使」シリーズ最終章！

集英社文庫

集英社文庫

猫《ねこ》がいなけりゃ息《いき》もできない

2021年1月25日　第1刷
2021年11月7日　第5刷

定価はカバーに表示してあります。

著　者　村山由佳《むらやまゆか》
発行者　徳永　真
発行所　株式会社　集英社
東京都千代田区一ツ橋2-5-10　〒101-8050
電話　【編集部】03-3230-6095
【読者係】03-3230-6080
【販売部】03-3230-6393（書店専用）

印　刷　図書印刷株式会社
製　本　図書印刷株式会社

フォーマットデザイン　アリヤマデザインストア　　マークデザイン　居山浩二

ISBN978-4-08-744198-7 C0195